천년의 우리소설

11

봉이 김선달

천년의 우리소설 11

봉이 김선달

박희병·정길수 편역

2018년 1월 22일 초판 1쇄 발행

펴낸이 한철희 | 펴낸곳 돌베개 | 등록 1979년 8월 25일 제406-2003-000018호
주소 (10881) 경기도 파주시 회동길 77-20 (문발동)
전화 (031) 955-5020 | 팩스 (031) 955-5050
홈페이지 www.dolbegae.co.kr | 전자우편 book@dolbegae.co.kr
블로그 imdol79.blog.me | 트위터 @Dolbegae79

주간 김수한 | 편집 이경아
표지디자인 민진기 | 본문디자인 이은정·이연경
마케팅 심찬식·고운성·조원형 | 제작·관리 윤국중·이수민
인쇄 한영문화사 | 제본 경일제책사

ISBN 978-89-7199-834-2 (04810)
      978-89-7199-282-1 (세트)

천년의 우리소설

● 김봉전 ● 유연전 ● 장화홍련전

천년의 우리소설

11

봉이 김선달

박희병 · 정길수 편역

돌베개

간행사

이 총서는 위로는 신라 말기인 9세기경의 소설을, 아래로는 조선 말기인 19세기 말의 소설을 수록하고 있다. 즉, 이 총서가 포괄하고 있는 시간은 무려 천 년에 이른다. 이 총서의 제목을 '千년의 우리소설'이라 한 이유가 여기에 있다.

근대 이전에 창작된 우리나라 소설은 한글로 쓰인 것이 있는가 하면 한문으로 쓰인 것도 있다. 중요한 것은 한글로 쓰였는가 한문으로 쓰였는가 하는 점이 아니다. 오늘날의 관점에서 볼 때 그런 것은 그다지 중요하지 않다. 정말 중요한 것은 문예적으로 얼마나 탁월한가, 사상적으로 얼마나 깊이가 있는가, 그리하여 오늘날의 독자가 시대를 뛰어넘어 얼마나 진한 감동을 받을 수 있는가 하는 점일 터이다. 이 총서는 이런 점에 특히 유의하여 기획되었다.

외국의 빼어난 소설이나 한국의 흥미로운 근현대소설을 이미 접한 오늘날의 독자가 한국 고전소설에서 감동을 받기란 쉬운 일

4

이 아니다. 우리 것이니 무조건 읽어야 한다는 애국주의적 논리는 이제 더 이상 통하지 않는다. 과연 오늘날의 독자가 『유충렬전』이나 『조웅전』 같은 작품을 읽고 무슨 감동을 받을 것인가. 어린 학생이든 혹은 성인이든, 이런 작품을 읽은 뒤 자기대로 생각에 잠기든가, 비통함을 느끼든가, 깊은 슬픔을 맛보든가, 심미적 감흥에 이르든가, 어떤 문제의식을 환기받든가, 역사나 인간에 대한 이해를 증진시키든가, 꿈과 이상을 품든가, 대체 그럴 수 있겠는가? 아마 그렇지 못할 것이다. 그럼에도 이런 종류의 작품은 대부분의 한국 고전소설 선집 속에 포함되어 있으며, 중고등학교에서도 '고전'으로 가르치고 있다. 그러니 한국 고전소설은 별 재미도 없고 별 감동도 없다는 말을 들어도 그닥 이상할 게 없다. 실로 학계든, 국어 교육이나 문학 교육의 현장이든, 지금껏 관습적으로 통용되어 온 고전소설에 대한 인식을 전면적으로 재검토해야 할 시점에 이르렀다. 이 총서는 이런 문제의식에서 출발한다.

이 총서가 지금까지 일반인들에게 그리 알려지지 않은 작품들을 많이 수록하고 있음도 이 점과 무관치 않다. 즉, 이는 21세기의 한국인들에게 어필할 수 있는 새로운 한국 고전소설의 레퍼토리를 재구축하려는 시도인 것이다. 이 점에서 이 총서는 그렇고 그런 기존의 어떤 한국 고전소설 선집과도 다르며, 아주 새롭다. 하지만 이 총서는 맹목적으로 새로움을 위한 새로움을 추구하지는 않았으며, 비평적 견지에서 문예적 의의나 사상적·역사적 의의가 있는 작품을 엄별해 수록하였다. 그리하여 우리는 이 총서를 통해, 흔히 한국 고전소설의 병폐로 거론되어 온, 천편일률적이라든가, 상투적 구성을 보인다든가, 권선징악적 결말로 끝난다든가, 선인과 악인의 판에 박힌 이분법적 대립으로 일관한다든가, 역사적·현실적 감각이 부족하다든가, 시공간적 배경이 중국으로 설정된 탓에 현실감이 확 떨어진다든가 하는 지적으로부터 퍽 자유로운 작품들을 가능한 한 많이 독자들에게 소개하고자 한다.

그러나 수록된 작품들의 면모가 새롭고 다양하다고 해서 그것으로 충분한 것은 아닐 터이다. 한국 고전소설, 특히 한문으로 쓰인 한국 고전소설은 원문을 얼마나 정확하면서도 쉽고 유려한 현대 한국어로 옮길 수 있는가의 여부에 따라 작품의 가독성은 물론이려니와 감동과 흥미가 배가될 수도 있고 반감될 수도 있다. 이 총서는 이런 점에 십분 유의하여 최대한 쉽게 번역하기 위해 많은 고심을 하였다. 하지만 쉽게 번역해야 한다는 요청이, 결코 원문을 왜곡하거나 원문의 정확성을 다소간 손상시켜도 좋음을 의미하지는 않는다. 이런 견지에서 이 총서는 쉬운 말로 번역해야 한다는 하나의 대전제와 정확히 번역해야 한다는 또 다른 대전제—이 두 전제는 종종 상충할 수도 있지만—를 통일시키기 위해 많은 노력을 기울였다.

한국 고전소설에는 이본異本이 많으며, 같은 작품이라 할지라도 이본에 따라 작품의 뉘앙스와 풍부함이 달라지는 경우가 비일비재하다. 그뿐 아니라 개개의 이본들은 자체 내에 다소의 오류를 포함하고 있다. 따라서 하나하나의 작품마다 주요한 이본들을 찾아 꼼꼼히 서로 대비해 가며 시시비비를 가려 하나의 올바른 텍스트, 즉 정본定本을 만들어 내는 일이 대단히 긴요하다. 이 작업은 매우 힘들고, 많은 공력功力을 요구하며, 시간도 엄청나게 소요된다. 이런 이유 때문이겠지만, 지금까지 고전소설을 번역하거나 현대 한국어로 바꾸는 일은 거의 대부분 이 정본을 만드는 작업을 생략한 채 이루어져 왔다. 하지만 정본 없이 이루어진 이 결과물들은 신뢰하기 어렵다. 정본이 있어야 제대로 된 한글 번역이 가능하고, 제대로 된 한글 번역이 있고서야 오디오 북, 만화, 애니메이션, 드라마, 영화 등 다른 문화 장르에서의 제대로 된 활용도 가능해진다. 뿐만 아니라 정본에 의거한 현대 한국어 역譯이 나와야 비로소 영어나 기타 외국어로의 제대로 된 번역이 가능해진다. 이런 점에서 본다면 작금의 한국 고전소설 번역이나 현대화는 대강 특정 이본 하나를 현대어로 옮겨 놓은 수준에 머무는 것이라는 한계를 대부분 갖고 있는바, 이제 이 한계를 넘어서야 할 시점에 이르렀다. 이 총서에 실린 대부분의 작품들은 2년 전에 내가 펴낸 책인 『한국한문소설 교합구해校合句解』에서 이루어진 정본화定本化 작업을 토대로 하고 있는바, 이 점에서 기존의 한국 고전소설 번역서들과는 전적으로 그 성격을 달리한다.

나는 『한국한문소설 교합구해』의 서문에서, "가능하다면 차후 후학들과 힘을 합해 이 책을 토대로 새로운 버전version의 한문소설 국역을 시도했으면 한다. 만일 이 국역이 이루어진다면 이를 저본으로 삼아 외국어로의 번역 또한 생각해 볼 수 있을 것이다"라고 말한 바 있다. 바야흐로, 한국 고전소설을 전공한 정길수 교수와의 공동 작업으로 이 총서를 간행함으로써 이런 생각을 실현할 수 있게 되어 대단히 기쁘게 생각한다.

이제 이 총서의 작업 방식에 대해 간단히 언급해 두고자 한다. 이 총서의 초벌 번역은 정교수가 맡았으며 나는 그것을 수정하는 작업을 하였다. 정교수의 노고야 말할 나위도 없지만, 수정을 맡은 나도 공동 작업의 취지에 어긋나지 않게 최선을 다했음을 밝혀 둔다. 한편 각권의 말미에 첨부한 간단한 작품 해설은, 정교수가 작성한 초고를 내가 수정하며 보완하는 방식으로 작업하였다. 원래는 작품마다 그 끝에다 해제를 붙이려고 했는데, 너무 교과서적으로 비칠 염려가 있는 데다가 혹 독자의 상상력을 제약할지도 모르겠다는 생각이 들어 이런 방식으로 바꾸었다.

이 총서는 총 16권을 계획하고 있다. 단편이나 중편 분량의 한문소설이 다수지만, 총서의 뒷부분에는 한국 고전소설을 대표하는 몇 종류의 장편소설과 한글소설도 수록할 생각이다.

이 총서는, 비록 총서라고는 하나, 한국 고전소설을 두루 망라 하는 데 목적이 있지 않다. 그야말로 '千년의 우리소설' 가운데 21세기 한국인 독자의 흥미를 끌 만한, 그리하여 우리의 삶과 역사와 문화를 주체적으로 돌아보고 성찰하는 데 도움이 될 만한, 그럼으로써 독자들의 심미적審美的 이성理性을 충족시키고 계발하는 데 보탬이 될 만한 작품들을 가려 뽑아, 한국 고전소설에 대한 인식을 바꾸고 확충하고자 하는 것이 본 총서의 목적이다. 만일 이 총서가 이런 목적을 어느 정도 달성했다는 평가를 받게 된다면 영어 등 외국어로 번역하여 비단 한국인만이 아니라 세계 각지의 사람들에게 읽혀도 좋지 않을까 생각한다.

2007년 9월
박희병

차례

김봉전

미상

인조仁祖 즉위 초에 평안도 평양에 한 기이한 사내가 태어났으니, 성은 김이고 이름은 인홍으로, 총명함이 남들보다 뛰어났고 재주와 지혜가 으뜸이었다. 그는 이렇게 말한 적이 있다.

"내가 초楚·한漢 시대에 태어났다면 장량·진평[1]과 호형호제했을 것이요, 주발·관영[2]을 노예 보듯이 했을 것이다."

인홍은 지금의 문장과 옛날의 역사를 남김없이 다 보았고, 촌학구村學究들처럼 문장을 논하거나 부賦를 짓는 일은 하려 들지 않았다.

어느 날 친구의 집에 들렀더니 친구는 5월 무더위 속에 문을 닫고 들어앉아 18구 시[3]를 짓고 있는 것이었다. 인홍은 그 모습을

<hr>

1. **장량張良·진평陳平** 한나라 고조高祖의 공신.
2. **주발周勃·관영灌嬰** 한나라 고조의 개국공신.
3. **18구 시** 과체시科體詩, 즉 과거 시험 때 지어 제출하던 시 형식을 이른다. 7언 한 구절을 '한 짝', 곧 '1척隻'이라 했으며, 2척을 합하여 '1구句'라고 했다. 18구 36척을 지어야 과체시의

보고 손뼉을 치며 말했다.

"형은 온종일 땀을 뿌리며 몇 편이나 시를 지었소? 우리나라에 이름난 산이 적지 않으니, 우리가 함께 산수 간에 훨훨 노닐며 평생의 숙원을 푸는 것이 이런 깊은 산의 작은 집에서 친구 하나 없이 답답하게 홀로 앉아 있는 것에 비하면 남자로서 한바탕 유쾌하다고 말할 수 있는 것 아니겠소? 형은 어찌 생각하오?"

친구가 말했다.

"형이 틀렸소. 이 18구 시 안에 무한한 재미가 있다오. 세상의 모든 부귀영화와 수놓은 비단이며 기름진 음식이 모두 이 안에 있거늘, 지금 이걸 버리고 어디로 간단 말이오? 가령 옷을 떨치고 신발을 신고 곧장 금강산 비로봉 정상에 올라 동해를 내려다보면 하늘과 맞닿은 수평선이 끝없이 펼쳐 있을 게요. 거기서 맑은 바람을 마시며 지팡이를 놓고 큰소리로 외친다면 속세에서 높은 곳에 오른 자가 내가 아니면 그 누구겠소? 그러나 결국에는 가난한 동네의 초라한 집에서 반나절 뱃가죽을 부여잡고 배고픔을 참으며 글을 짓는 것만은 못하다오. 초시[4] 한 자리라도 얻어내 아들 손자의 택호로 삼으면[5] 충분하거늘, 하필 망상을 품고 세

─────

완전한 형태가 된다.

4. 초시初試 서울과 지방에서 보이는, 과거의 1차 시험, 혹은 그 합격자.

5. 아들 손자의 택호宅號로 삼으면 "시골 사람들에게는 초시 택호가 있다"라는 원주原注가 달려 있는데, 초시 합격자의 집을 '초시 댁'이라 부르던 일을 말한다. '택호'는 집주인의 벼슬 이름이나 고향 이름 등을 붙여서 그 집을 부르는 말.

상에서 미치광이[6] 칭호를 얻을 까닭이 뭐 있겠소?"

인홍이 하늘을 우러러 크게 탄식하더니 친구를 돌아보고 말했다.

"나는 항상 형이 포부가 커서 작은 일에 얽매이지 않는 사람이라 생각했는데, 지금 형의 뜻을 보니 나도 모르게 한스럽고 또 한스럽소!"

마침내 옷을 떨치며 곧바로 떠났다.

인홍은 열일곱 살이 되자 서울에 올라와 지냈다. 어느 밤 청명한 달빛 아래 탁주 한 병을 들고 홀로 남산 잠두봉[7]에 올랐다. 문득 고래고래 고함을 몇 번 지르더니 발광하여 질주했다. 며칠 동안 쉬지 않고 이런 행동을 하자 사람들은 모두 광증이 난 것이라고 여겼다. 하지만 인홍은 곧 괜찮아졌다. 인홍은 그 뒤로 강호를 오가며 유유자적 지냈다. 스스로 호를 '낭사'[8]라 짓고는 1년이 지나도록 고향으로 돌아가지 않았다. 얼마 지나지 않아 굶주림과 추위에 떨던 처자식이 종종 편지를 보냈는데, 책망하기도 하고 타이르기도 하며 온갖 말로 인홍을 돌아오게 하려 애썼다. 그러자 인홍은 탄식하며 말했다.

"공명을 이루는 건 하늘에 달렸고, 신선이 되는 건 정해진 분수가 있는 법이니, 그만두자! 집으로 돌아가 바람 따라 물결 따

6. **미치광이** 원문은 "風魔子"로, "바람동이"라는 원주가 달려 있다.
7. **잠두봉蠶頭峰** 남산의 봉우리 이름.
8. **낭사浪士** 무엇에도 구속받지 않는 자유로운 선비라는 뜻.

라 한가로이 내 생을 마쳐야겠다.”

광주리를 메고 보따리를 등에 지고 초라한 모습으로 돌아오니 형제들이 웃으며 반겨 주었지만 마을 사람들은 모두 조롱하며 말했다.

“김인홍이 옛날 뱃속에 가득하던 경륜을 지금은 모두 어디에 던져 버렸을까?”

면전에서 비웃고 헐뜯었으며 장난삼아 미친놈이라 일컫는 자도 있었다. 인홍이 비록 겉으로는 웃으며 화를 내지 않았으나 마음속에는 불평이 가득했다. 게다가 눈앞에 있는 두어 칸 초라한 자기 집은 황량하게 쓰러져 갔고, 마주 대한 처자식은 굶주린 쥐나 몸이 언 참새 같은 모습이었다. 측은한 마음을 한층 이기지 못해 베개에 기댄 채 이리저리 뒤척거리며 밤새도록 잠을 이루지 못했다. 그러다가 돌연 베개를 밀쳐 내고 앉아 수염을 쓸며 말했다.

“나는 대장부로서 군대를 거느리고 만 리 밖에 나가 변방에서 공을 세우고 제후의 황금인[9]을 얻어 팔꿈치에 차 보지 못했다. 대각[10]에서 높은 벼슬을 하며 매나 호랑이처럼 용맹한 기세로 충직한 기풍을 펼치지도 못했다. 권문세가에 무릎 꿇고 앉아 한밤중에 애걸하며 남은 찌꺼기 한 방울로 입을 적시는 일은 하지 않았

---

9. **황금인黃金印** 황금으로 만든 도장. 옛날 제후나 장군이 찼다.
10. **대각臺閣** 사헌부와 사간원을 아울러 이르는 말.

고, 생계를 꾸리고 재산을 일궈 보겠다고 종신토록 골몰하여 수전노의 추태를 부리지도 않았다. 나는 오직 죄 없는 처자식들로 하여금 크고 작은 근심과 괴로움을 받게 하고, 이웃과 친척들의 업신여김이나 당하게 했을 따름이니, 실로 처자식의 기만 죽이고 말았다. 허나 내 뱃속에는 한 가지 묘한 술수가 있다. 내가 한번 열었다 닫았다 뒤집었다 엎었다 하기만 하면 세상의 허다한 어리석은 사내들이 모두 내 수중에 들어올 테니, 부귀하지 못하고 돈이 없는 것을 어찌 한스러워 하겠는가? 이게 바로 김성탄의 『서상기』 제1권 「옛사람을 통곡한다」에서 고금의 영웅이 소견한 방법[11]이다!"

닭이 두 번 울자 당장 일어나 머리를 빗고 세수를 했다. 머리에는 찢어진 망건을 쓰고 몸에는 해진 도포를 입고 손에는 대나무 지팡이를 들고 발에는 짚신을 신었다. 문밖에 나가 하늘을 보니 서너댓 새벽별이 동녘에 떠 있었다.

방에 들어와 술을 찾자 아내 진씨陳氏가 곤히 잠들었다가 깜짝 놀라 일어나서 노기를 품고 말했다.

༄ ༄༄༄

11. 김성탄金聖歎의 『서상기』西廂記~소견消遣한 방법 '김성탄의 『서상기』'란 명말 청초의 비평가 김성탄이 원元나라 왕실보王實甫가 지은 희곡 『서상기』에 평비評批를 가한 것을 말한다. 「옛사람을 통곡한다」, 곧 「통곡고인」痛哭古人은 김성탄이 『서상기』에 붙인 서문 중 하나다. 이 글에서 김성탄은 무의미한 세계 속에서 무의미한 인간 존재가 벌이는 일은 '소견'消遣에 불과하니, 이를테면 제갈공명이 농사지으며 은둔 생활을 한 것도, 삼고초려에 감격하여 멸사봉공한 것도 모두 하나의 소견하는 방법이라고 했다.

"미친 양반, 1년 동안 허랑방탕하게 놀더니 주량만 늘었구려. 깊은 밤에 잠이 깨서는 갑자기 술을 찾다니. 오늘밤엔 다행히도 이웃집에서 준 막걸리 한 사발이 있소. 하지만 봄산에 꽃이 피고 두견새가 밤에 울 때, 여름날 비가 막 쏟아지려 하고 모기가 사방에서 모여들 때, 당신 가슴에는 약주나 소주 생각이 간절하겠지만, 그때 내 수중에는 술지게미 한 움큼도 없을 테니, 얼마나 답답하겠소. 9월에 국화가 섬돌에 가득하고 눈 속의 매화가 화분에 가득할 때 당신은 베개를 밀쳐내고 문을 열고 나와 나더러 술을 빚어 오라, 술을 데워 오라 하겠지만, 그때 우리 집 항아리엔 누룩 한 조각 없고 화로에는 남은 숯 쪼가리 하나 없을 테니, 이 또한 얼마나 답답한 일이겠소. 오늘밤 이 한 사발이라도 배불리 드시오."

인홍이 웃으며 말했다.

"술이 있을 때는 흥을 타서 찾아 마시고, 술이 없을 때는 빈방에 그저 턱이나 괴고 앉아 있으면 그만일세. 나중 일은 걱정 말고 오늘밤 있는 술이나 데워 주소."

진씨가 옷매무새를 가다듬고 치마끈을 동여매고 화로에 숯을 넣어 불을 붙이려 하다가 불빛 앞에 남편 인홍이 점잖게 의관을 차려입고 선 모습을 보고는 놀라서 말했다.

"미친 양반, 또 어딜 가려고요?"

인홍이 수염을 쓸며 말했다.

"속담에 '남자는 움직이는 물건'이라 하지 않소? 내가 오늘 나가면 내일 수천 냥 재산이 당신 집에 올 거요. 우리 둘이 두 손을 꼭 잡고 날이 가고 해가 가도록 마주 앉아 있으면 어떤 좋은 사람이 우리한테 찬밥 한 덩어리 보내주겠소? 어서 술이나 데워 주소. 갈 길이 급하니."

진씨는 한참 동안 묵묵히 있다가 길게 한숨을 쉬고 말했다.

"당신 마음대로 가소. 당신 처자식이 얼어 죽고 굶어 죽어도 다시 와서 묻어 주지 말고, 어느 산 까마귀와 솔개가 와서 마음껏 먹어 치우게 내버려 두소!"

진씨는 또 낮은 목소리로 가만히 한숨을 쉬며 말했다.

"당신과 내가 전생에 무슨 원수를 졌기에 금생에 만났는지! 천한 내 목숨은 아까울 게 없지만, 어린 자식들은 갓 태어난 붕어 새끼 모양 먹을 걸 달라고 입을 뻐끔거리니 어찌 할꼬! 어느 하늘의 부처님이 가호를 베푸시어 근심 없이 살아갈꼬!"

인홍이 큰소리로 말했다.

"이 어리석은 여편네, 어리석은 여편네! 그만 좀 의심하고 어서 술이나 데워 오소! 내가 사흘 안에 돌아오지 않으면 내 성을 '조'鳥로 바꾸고 이름을 '구'狗로 바꿀 테니."[12]

❧❧❧❧

12. 내 성을~바꿀 테니   성을 '좃'으로 바꾸고 이름을 '개'로 바꾸겠다는 말. 성명을 거꾸로 읽으면 상스런 욕이 된다.

진씨는 그 말을 믿지 않았으나 달리 어쩔 수 없어서 숯불에 데워 술 한 사발을 올렸다. 인홍은 한 입에 다 마시고는 지팡이를 짚고 문을 나섰다. 긴긴 밤이었으나 남편이 조롱하고 아내가 헐뜯으며 한참 시간이 흘러 닭이 벌써 세 번이나 울었다.

인홍은 순식간에 곧장 20여 리를 달려 이모부인 이삼장李三丈의 집을 찾아가서 문을 두드리며 큰소리로 불렀다. 이삼장은 본래 자수성가한 부자였다. 나이 일흔에 근검절약하며 재산을 불렸고, 각처에 빌려 준 돈과 쌀의 이자를 손수 계산하여 출납을 일일이 관리하고 나서 매일 밤 4경(새벽 2시 무렵)이나 5경(새벽 4시 무렵)은 되어야 잠자리에 들었다. 그러니 지금은 한창 잠에 빠져 꿈나라에 있을 시각이거늘, 문득 문을 두드리며 시끄럽게 외치는 소리에 불현듯 잠이 깨어 말했다.

"문을 두드리는 게 넌가?"

인홍이 대답했다.

"낭사浪士입니다."

이삼장이 또 물었다.

"낭사가 누군가?"

인홍이 대답했다.

"옛날 아이 적에는 과거를 보려고 글을 읽으며 제 자신을 장량과 진평에 견주었고, 요사이에는 이 산 저 산 두루 노닐며 단풍과 국화를 읊조리며 스스로 '낭사'라는 호를 붙인 김인홍입니다."

이삼장은 그 말을 듣고 매우 놀라 베개를 밀쳐 내고 일어나 문을 열고 맞아들이며 말했다.

"조카 왔는가? 아무 해에 이별한 뒤로 세월이 강물처럼 흘러 이 늙은이는 백발만 늘었고, 조카는 턱수염이 석 자나 자랐으니, 인생이 얼마나 짧은가? 지난번에 조카가 세상일을 다 버리고 원숭이와 학을 짝으로 삼아 깊은 산 흰 구름 속으로 떠난 뒤 행방이 묘연하다는 소식을 들었네. 그 말을 듣고 내 가슴속에 부러운 마음이 가득했지만, 내가 이미 늙어서 뜻을 이루지 못하는 게 한스러울 뿐이었어. 지금 조카를 보니 내 마음이 뛰는 것 같네."

이삼장은 심부름하는 어린 여종을 불러 말했다.

"난희蘭姬야, 행화동杏花洞에 가서 술 한 병 사 오너라. 강호의 먼 손님이 여기 오기가 쉽지 않다."

또 분부했다.

"간장 한 종지와 북어 반 조각을 네 다리 소반에 차려 오거라."

다시 인홍을 돌아보고 말했다.

"새가 지저귀는 촌구석이라 사놓은 술이 없고, 산중이라 별미나 생선 과일도 구하기가 힘들어."

인홍이 문득 일어서 말했다.

"어르신께서 두터운 정을 베풀어 주시니 매우 감사합니다. 하지만 갈 길이 급해서 어르신을 모시고 술 한 잔 하기 어려우니 참으로 죄송합니다."

이삼장이 놀라 말했다.

"조카, 이 무슨 말인가? 몇 년 만에 얼굴을 봤는데 갑작스레 떠난다니 이것만 해도 받아들이기 어렵거늘, 더구나 술을 곧 사 올 텐데 이처럼 급히 떠난다니 이 어찌 온당한 처사라 하겠나? 조카가 스스로 '낭사'라고 호를 지었으니, 떠나고 머무르는 데 연연해하지 않고 세상일을 조금도 마음에 두지 않아야 '낭사'라는 두 글자를 저버리지 않는 거 아닌가. 무슨 그리 급한 일이 있기에 잠시 머물러 술 한 잔도 못 마시겠다는 건가?"

인홍이 말했다.

"'낭사'가 몇 년 동안 '낭'浪에 대해 생각했건만 마음은 정작 '낭'하지(자유롭지) 못해 매우 한스럽습니다. 1분 1초도 그냥 '낭'하지(흘려보내지) 못하고, 돈 한 푼도 '낭'하게(허랑하게) 던져 버리지 못했으니, 이 호를 돌아보면 제 자신이 부끄러워 얼굴이 붉어집니다."

이삼장이 껄껄 웃으며 말했다.

"속세의 사람들은 너무 허랑할까 한스러워하는데, 조카는 도리어 허랑하지 못했다고 한스러워하니, 참으로 익힌 음식을 먹지 않는 하늘의 신선 같은 말이군. 자네가 아무리 급한 사정이 있다 해도 그만두고 머물러 나와 술 한 잔 하고 가게. 이런 게 바로 낭사浪士의 본모습이 아니겠나?"

인홍이 말했다.

"낭사라면 100년 세월 모두를 낭한(자유로운) 마음과 낭한 행동으로 내던져 버려야 마땅하지요. 하지만 지금 이 시간만은 절대 허랑하게 보낼 수 없습니다. 이 시간을 허랑하게 보내면 우주 간에 누가 또 '낭사' 두 글자를 알겠습니까?"

이삼장은 그 말이 놀랍기도 하고 의아하기도 했지만 더 묻지 못하고 이렇게만 물었다.

"조카, 끝내 내가 주는 술 한 잔을 못 마시겠다는 게야?"

인홍이 말했다.

"어르신께서 저를 좋게 생각해 주시니 감히 제가 더 바랄 게 없습니다. 탁주 한 잔은 사양했으면 하고, 한 가지 어르신께서 큰 은택을 베풀어 주십사 청하고 싶은 일이 있습니다."

이삼장이 말했다.

"이 늙은이가 무슨 은택을 조카에게 베풀 수 있을까? 나는 본래 학문이 없으니 붓을 휘둘러 송서[13] 한 편을 지어 자네를 삼산[14]과 오악[15]으로 보낼 수도 없고, 자네에게 날개를 달아 주어 곧장 요대瑤臺의 신선들이 있는 자리로 보낼 수도 없네. 또 조카는 사

13. **송서送序** 증서贈序. 누군가를 떠나보내며 이별의 소회. 먼 길을 떠나는 이에 대한 격려 등을 담아 쓰는 한문 산문의 한 형식.
14. **삼산三山** 삼신산三神山. 곧 봉래산蓬萊山과 방장산方丈山과 영주산瀛洲山.
15. **오악五嶽** 중국의 5대 명산인 동쪽의 태산泰山, 서쪽의 화산華山, 북쪽의 항산恒山, 남쪽의 형산衡山, 중앙의 숭산嵩山.

방을 두루 흘러 다닐 테니 남에게 황금을 달라고 할 것도 아니요, 관직을 달라고 할 것도 아니잖나. 지금 혁혁한 권세를 가진 자라 할지라도 자네에게 선물할 물건이 딱히 없을 텐데, 산중의 늙은 이야 말해 뭐하겠나? 조카가 일이 급하다 했으니, 그럼 가 보게. 언제 다시 돌아올 건가? 내가 그때는 몇 섬 술을 빚어 놓고 달 밝은 밤에 강가 정자에서 기다리겠네."

인홍이 손뼉을 치며 말했다.

"제가 어르신께 바라는 은택이 어찌 어르신이 해 주시기 어려운 일이겠습니까? 저는 송서 글도 필요 없고, 벼슬도 필요 없고, 어르신의 술도 필요 없습니다. 제게 필요한 건 어르신께서 한 가지 일을 허락해 주시는 것뿐입니다. 어르신은 베개를 밀쳐내고 일어나실 필요도, 이불을 개실 필요도 없습니다. 입을 열어 허락하실지 못하실지 한마디 말씀만 해 주십시오."

이삼장이 말했다.

"자네가 요구하는 일이 뭔지 말하지도 않고, 먼저 나더러 그 일을 허락해 달라니, 자네는 진짜 억지꾼이로군!"

인홍이 말했다.

"저는 억지꾼이 아닙니다. 다만 제가 바라는 일을 어르신이 허락해 주지 않으시면, 한편으로는 제 입만 아프고 또 한편으로는 제 얼굴만 깎이는 꼴입니다. 어르신께서 다만 '허락 못하겠다' 하실 거라면 그 일이 뭔지 제가 먼저 말씀 못 드리겠습니다."

26

이삼장이 말했다.

"무슨 일인지도 모르는데, 어찌 허락이고 말고를 내가 먼저 말할 수 있겠나?"

인홍이 말했다.

"만약 허락하실 마음만 있으면 결코 어려운 일이 아닙니다. 단지 제가 어르신께 바라는 건 평양성 서쪽에 세놓으신 집 한 채를 잠시 1년만 제게 빌려주시는 겁니다."

원래 그 집은 이삼장이 젊은 시절 살며 술과 담배 파는 일을 생업으로 삼던 곳이었다. 대문 안에 주막 깃발을 높이 걸고 깃발에는 '상등약주가'上等藥酒家(고급 술집)라는 다섯 글자를 크게 쓰고, 부부가 술청 앞에서 술을 팔았다. 새벽에 일어나고 밤늦게 자며 10여 년 동안 하루도 게으름을 부리지 않아 천금[16]의 재산을 일궜다. 그러던 중에 사람들이 부부를 '가게 아저씨'라느니 '주모'酒母라느니 부르는 게 싫어 농장을 사서 산촌으로 이사했던 것인데, 다만 이 집이 집안을 일으켜 준 집인지라 차마 팔지 못하고 다른 사람에게 세를 주거나 친척에게 빌려주고 있었다.

이삼장은 인홍의 요청을 듣고는 당장 얼굴을 찡그리며 말했다.

"자네가 그 집을 어디 쓰려고? 조카의 청에 내가 아까워할 게 뭐 있겠는가만 벌써 다른 사람에게 세를 주었으니 낸들 어쩌겠나?"

인홍은 그 말을 듣자마자 몸을 굽혀 인사하고 말했다.

"저는 갈 길이 바빠서 이만 떠나야겠습니다. 그 집을 어르신께서 빌려주시지 않을지 미리 알았다면 제가 어찌 말을 꺼냈겠습니까? 다만 저는 속으로 '어르신이 이 집을 애지중지하시겠지만 인척간의 인연도 소중하게 여기실 게 틀림없다'라고 생각해서 이런 번거로운 청을 드렸던 거지요. 제가 10여 년 어르신을 모셔 왔는데 그간에 무슨 죄를 지었는지 모르겠네요. 이 몸은 검은 구름이나 흰 백로처럼 동쪽으로 서쪽으로 오락가락하며 떠나도 갈 곳이 없고 돌아와도 머물 곳 없는 신세입니다. 어느 해 어느 날 어느 곳에서 죽을지 모르지만 만일 제가 아무 탈 없이 이곳을 다시 지나게 된다면 찾아뵙고 공손히 인사를 드리지 그냥 지나가지는 않겠습니다. 저는 이만 가 보겠습니다."

이삼장은 묵묵히 말이 없는데, 아들 일랑一郞이 와서 인홍의 두 소매를 붙들고 말했다.

"날이 아직 밝지 않아 길이 캄캄한데 형은 어딜 가시려고요? 조금만 기다리면 새벽해가 동쪽에 뜰 거예요."

인홍은 돌아보지 않고 소매를 뿌리치며 곧장 나가더니 앞만 바라보고 걸었다.

한편 이일랑이 아버지 이삼장에게 말했다.

"아버지께서는 김인홍이 어떤 사람인지 아십니까?"

28

이삼장이 말했다.

"내가 왜 모르겠느냐? 본래 허황되고 용렬하기로 대단한 놈 아니냐. 자기는 좁쌀만큼 작은 재주도 없으면서 옛사람을 우습게 보아 제 눈에 차는 사람이라곤 하나도 없지. 마음이 단단하지 못해서 동쪽으로 갔다 서쪽으로 갔다 하니까 작년 서울에 있을 때 갑자기 광증이 나서 배가 고픈지 부른지도, 날이 추운지 더운지도 모두 잊어버렸다는 거 아니냐? 그 병이 오래 전에 다 나았다고 들었지만, 지금 하는 꼴을 보니 미치광이 짓이 여전하구나. 그렇지 않고서야 어떻게 낮도 밤도 없이 동에 번쩍 서에 번쩍 하는 게며, 더구나 남에게 부탁하면서 어찌 무슨 일을 부탁하는지도 말을 안 한다는 게냐? 주인의 틈을 엿보아 정성을 다해 자세히 아뢰어도 들어주지 않을까 걱정이거늘, 하물며 야밤에 남의 집에 들어와서 남의 깊은 잠을 깨우고는 동문서답에 장황한 말로 현혹하려 한다면 누가 그 말을 들어주겠느냐? 인홍이 그 미친 녀석이 요청하는 일이라면 사근사근한 말로 순리에 맞게 이야기한들 결코 허락하지 않을 텐데, 그 하는 짓을 보니 참으로 가소로운 미치광이로구나."

이일랑이 말했다.

"아버지! 인홍의 청을 허락하십시오. 허락하지 않으시면 예기치 못한 일이 일어날까 싶어요. 예전에 제가 이 사람과 아무 고을에서 함께 과거 공부를 해서 그 됨됨이를 잘 아는데, 기지와 재주가 남보다 열 배는 뛰어납니다. 함께 공부하던 동료 삼사십 명에 대해서는 각각의 장단점과 우열을 대략 알 수 있었지만, 인홍에 대해서는 그 깊이를 헤아릴 수 없었습니다.

인홍은 외딴 시골에서 나고 자라 서울의 호걸들과 우열을 겨루지 못함을 한스러워하며 늘 스스로 이렇게 경계했습니다.

'차라리 곽해나 극맹의 무리[17]가 되어 죽도록 비분강개한 마음을 품을지언정 궁벽한 마을의 진부한 선비가 되어 늙도록 경서 공부에 골몰하지 않을 테다. 차라리 토호나 권세가가 되어 한 시대를 횡행할지언정 권세가의 문객이 되어 그 지시를 받는 짓은 하지 않을 테다.'

지난날 잠두봉에서 고함을 치고 요사이 산림에 종적을 감춘 일이 모두 불평한 마음에서 나온 것이지 그 본연의 마음은 아닙니다. 이 사람이 숲속 도적 소굴로 들어가 화적 무리가 되지 않을지 어찌 알겠습니까? 더구나 한밤중에 온 행색 또한 일만 겹의 구름처럼 의심스럽습니다.

아버지께서는 이 집을 어디다 쓰려고 허락하지 않으셨습니까? 가령 인홍이 무뢰한 놈들을 몰아서 저마다 머리에는 황건黃巾을 두르고, 손에는 몽둥이를 들고, 허리에는 서릿발이 선 칼을 차고,

ꙠꙠꙠ

17. 곽해郭解나 극맹劇孟의 무리　협객을 말한다. 곽해와 극맹은 모두 전한前漢의 유명한 협객으로, 『사기』 「유협열전」游俠列傳에 그 행적이 실려 있다.

목구멍으로는 우레 같은 함성을 지르고, 눈에서는 불이 나고, 주먹에는 바람이 일어난다고 쳐 보지요. 사람 목숨이 중하고 재물은 가벼운 것이니, 우리 집 창고에 쌓인 눈처럼 하얀 쌀을 내놓으라 하면 허락하지 않을 수 없을 것이요, 우리 집 궤짝 깊이 간직해 둔 마제은[18]을 내놓으라 하면 감히 허락하지 않을 수 없을 것이요, 우리 집 금 쟁반과 옥 술잔을 부수면 부수는 대로 내버려 둬야 할 것이요, 우리 집 마구간과 말구유를 불태우면 불태우는 대로 내버려 둬야 할 겁니다. 그때는 우리 온 가족의 목숨이 오직 인홍의 일거수일투족에 달려 있을 테니, 오늘 두어 칸 작은 집을 빌려주지 않은 것을 후회해 봤자 초상 난 뒤에 약을 의논하는 격이 될 겁니다.

지금 한때의 억측으로 인홍이 도적이 될 것이라 단정할 수는 없지만, 인홍이 깊은 밤에 홀로 다니는 것부터가 벌써 십분 수상합니다. 그렇지 않다면 인홍이 밤에 다니는 박쥐도 아니고 낮에 숨는 도깨비도 아니면서 어찌 이처럼 어두운 밤을 피하지 않고 불쑥 왔다 불쑥 가버린단 말입니까? 긴급한 일이 있다고 말하지만 인홍은 본래 어슬렁어슬렁 방랑하는 사람이라 애당초 어디 붙어 꾸려 나가는 사업 하나 없거늘, 그처럼 긴급한 사정이랄 게 대체 어디 있겠습니까? 또 그처럼 비밀스러워 말할 수 없는 일이

18. 마제은馬蹄銀 중국에서 화폐로 사용하던, 말굽 모양의 은

대체 무엇이랍니까? 간肝에 바람이 든 게 아니면 필시 '패'貝 자에 '융'戎 자를 더한 것[19]이라 생각됩니다. 부디 아버지께서는 급히 인홍을 다시 불러 이 집을 빌려주시고, 훗날 후회하는 일이 없도록 하시기 바랍니다."

이삼장은 고개를 끄덕이며 "옳다"라고 하고, 심부름하는 하인을 서둘러 불러 분부했다.

"급히 앞길로 달려가서 김 서방님더러 잠시 돌아와 내 긴한 얘기를 들어주십사 말해라. 서방님이 돌아오려 하지 않으면 너는 천 번 만 번 거듭 청해서 반드시 모셔오도록 해야 한다. 만약 서방님이 벌써 멀리 가서 종적이 보이지 않으면 너는 백 리 천 리를 좇아가서라도 반드시 함께 와야 한다. 이 말을 어기면 너는 300대 모진 매를 맞을 것이다."

인홍은 수단을 부려 이삼장 부자를 으르고 천천히 마을을 나오며 속으로 생각했다.

'머지않아 소식이 올 거야.'

몇 걸음 걷지 않아 등 뒤로 한 사람이 날듯이 달려오며 외쳤다.

"서방님, 서방님! 잠깐 멈추십시오!"

인홍이 고개를 돌려 쳐다보며 물었다.

"너는 누군데 나더러 잠깐 멈추라는 거냐?"

꽃꽃꽃꽃

19. '패'貝 자에 '융'戎 자를 더한 것 '도적 적賊' 자, 곧 도적을 뜻한다.

그 사람이 다가와 인사를 하고 말했다.

"쇤네는 이생원李生員 댁의 심부름하는 하인 아무개입니다. 생원님께서 분부하시기를 서방님과 상의할 긴급한 일이 있다고 하셔서 쇤네가 분부를 받들고 왔습니다. 서방님, 당장 돌아가시지요."

인홍이 웃으며 말했다.

"아까 한참 동안 이야기해서 양쪽의 속마음을 이미 다 알았으니 더 할 말이 없거늘, 내 어찌 소나 말처럼 다른 사람이 이끄는 대로 끌려가겠느냐? 내 다리가 벌써 문을 나왔으니, 다시 들어갈 수 없다."

하인이 또 말했다.

"생원님의 분부가 참으로 간절하십니다."

인홍이 사납게 꾸짖어 말했다.

"생원님은 네게나 생원님이지 그게 나와 무슨 상관이냐? 어서 돌아가 다시는 번거롭게 하지 말라."

하인이 땅에 엎드리며 말했다.

"쇤네가 서방님을 모시고 함께 돌아가지 못하면 생원님 성품이 지엄하셔서 쇤네의 목숨은 이것으로 끝입니다. 서방님께서는 제발 은혜를 베푸셔서 쇤네의 목숨을 살려 주십시오."

하인은 갈수록 더 애걸하고 인홍은 그럴수록 더 노하여 꾸짖으며 두 사람이 실랑이를 벌이는 사이 새벽해가 동쪽에 떠올랐다.

이일랑은 오랫동안 하인이 돌아오지 않자 이상하다 싶어 의관을 정제하고 천천히 동구 밖에 나왔다. 저 멀리 두 사람이 바라보이는데, 한쪽은 서 있고 다른 한쪽은 엎드려 있으며, 한쪽은 꾸짖고 다른 한쪽은 듣고 있는 것이었다. 일랑이 다가가서 인홍의 두 소매를 붙들고 만류하며 말했다.

"형님은 왜 이리 화를 내십니까? 아버지가 상의하실 일이 있어서 하인을 시켜 모셔오라 하신 건데, 형님은 왜 이리 고집을 부리십니까?"

일랑은 인홍의 팔을 잡고 함께 집으로 들어갔다. 인홍이 어쩔 수 없이 얼굴에 노기가 가득한 채 성질을 부리며 마루에 오르자 이삼장이 껄껄 웃으며 말했다.

"조카는 성격이 쾌활하고 너그럽더니 오늘은 왜 이리 화가 났나? 헤어져 지낸 지 몇 년 사이에 조카의 성격이 완전히 변했군."

인홍이 말했다.

"제 성격이 변하긴 뭘 변합니까? 어르신이 제 성격을 변하게 하신 거지요."

자리에 앉자 이삼장이 다시 물었다.

"자네는 이 집을 빌려 어디에 쓰려고 하나?"

인홍이 노기를 누르고 말했다.

"어르신은 그 집을 놓아 두고 어디에 쓰려고 하십니까?"

이삼장이 손뼉을 치며 말했다.

34

"이 집은 내 집인데, 쓰고 안 쓰고를 왜 묻나?"

인흥이 주먹을 꼭 쥐고 말했다.

"그 집은 제 집이 아니니 쓰고 안 쓰고는 말씀드릴 필요가 없군요."

이삼장이 말했다.

"내가 지금 자네에게 빌려줄 테니, 어디에 쓸지 말해 보게."

인흥이 말했다.

"어르신이 오늘 빌려주시면 내일 아시게 될 겁니다."

이삼장은 더 물을 수 없어 종이와 붓을 책상 위에 꺼내 두고 일랑을 불렀다.

"일랑아, 이웃에 사는 친구 장성옥張聖玉을 불러 와라!"

일랑이 말했다.

"장성옥은 불러서 뭐 하시려고요?"

이삼장이 말했다.

"집을 세주는 데 문서가 없어선 안 되지."

일랑이 말했다.

"집을 세주는 데 무슨 문서가 필요합니까? 더구나 형님은 정의가 두터운 인척간인데 집을 빌려주지 않으면 않았지 문서를 써서는 안 됩니다."

이삼장이 말했다.

"그렇지 않다. 매사에 적당히 해서는 안 되는 법이야."

결국 장성옥을 불러와 문서를 작성했다.

이 문서의 계약 내용은 다음과 같다. 쓸 일이 있어 평양
성 서문 밖 아무 동네에 있는 두어 칸 집을 이삼장에게 세
를 얻으니, 매달 월세는 3전 5푼[20]으로 정하고, 상환 기한은
1년을 만기로 하며, 차후로 계약을 어기거나 기한을 넘기는
일이 있으면 이 문서를 가지고 판정한다.

몇 년 몇 월 몇 일 집주인 이삼장
세입자 김인홍
증인 작성자 장성옥

김인홍은 서명하고 이삼장에게 절한 뒤 문을 나서면서 한숨을
한 번 내쉬고 말했다.
"대장부가 세상에 태어나 맨 처음 흘리는 눈물이 '궁할 궁窮'
자 때문이라더니 과연 그렇구나! 두어 칸 작은 셋집 하나 얻는
데 젖 먹던 힘까지 다 썼군."
집으로 돌아와서 헐값에 세간살이를 다 팔아 돈 20냥을 마련
한 뒤 처자식을 데리고 평양성 서쪽으로 이사했다. 20냥 중 5냥

✾✾✾✾
20. 3전錢 5푼分 35문文.

은 쌀 한 섬을 사고, 1냥은 땔감 열 짐을 사고, 6전은 소금 네 말을 사고, 3전은 나물 두어 광주리를 사고, 또 1냥을 써서 제 옷을 새로 사고 보니, 남은 돈이 도합 13냥 1전[21]이었다. 다시 1전으로 좋은 누룩 다섯 꾸러미를 산 뒤 남은 돈과 함께 아내 진씨에게 주면서 당부했다.

"누룩으로 술을 빚고, 돈은 깊숙이 간직해 두고, 내가 돌아올 때까지 기다리라구. 내가 나갔다가 하루 이틀이면 돌아올 테니, 모든 일은 다 나만 믿고 쌀 떨어질 걱정이나 돈 떨어질 걱정일랑 하지 말게."

인홍은 곧장 평양 북쪽 청천강 상류에 있는 마을로 달려가서 이름난 의사인 이군응李君膺을 찾아갔다. 원래 이군응은 당대의 신의神醫로, 한증寒症이든 열병이든 어떤 중병도 약을 지어 곧바로 낫게 했고, 뇌전증腦電症(간질)처럼 지독한 병도 귀신같이 치료했다. 군응이 가면 죽은 자도 살아나서 귀신도 놀라고 시기한다고 할 지경이었다. 이 때문에 사람들은 군응을 '소편작'[22]이라고 불렀다. 군응은 사람됨이 인색하고 오만해서 자신의 귀신같은 의술을 자부하여 탕약 한 제[23]에 1천 푼 이상을 달라고 하고, 환약 한 첩도 남들의 몇 배 값을 불렀다. 이 때문에 사람들은 군응을 '소고

❧❧❧❧

21. 13냥 1전 서술대로라면 12냥 1전이 남아야 옳다.
22. 소편작小扁鵲 작은 편작扁鵲. '편작'은 중국 전국시대戰國時代 초기의 전설적인 명의名醫.
23. 제劑 한약의 분량을 나타내는 단기. 탕약湯藥 한 제는 스무 첩貼에 해당한다.

비'[24]라고도 불렀다.

이날 인홍이 마루에 올라 절을 하자 군웅은 조금도 몸을 굽혀 답례하지 않더니 눈을 똑바로 뜨고 인홍을 보며 말했다.

"너는 뉘 집 젊은이며 오늘 무슨 일로 나를 보러 왔는고?"

인홍이 두 번 절하고 말했다.

"시생侍生은 가세가 기울어 생계를 꾸려 나가기가 지극히 어려운 형편입니다. 그래도 부부가 서로 의지하며 힘껏 고생스레 일해서 겨우 입에 풀칠하며 연명은 하고 있습니다. 그런데 지금 시생의 아내가 문득 어떤 병에 걸려 눈은 보지 못하고 귀는 듣지 못하고 머리는 들지 못하고 입은 먹지도 말하지도 못하고 있습니다. 어르신께서 한번 오셔서 병세를 살펴보시고 이 죽어 가는 병자를 일으켜 주시기 바랍니다."

군웅은 눈을 휘둥그레 뜨고 말했다.

"그렇다면 이미 죽은 사람이로군."

"하지만 아직 죽지는 않았습니다."

"그럼 병의 원인과 증세가 어떤지 말해 봐."

"제 아내가 말을 할 수 없어서 제가 물어볼 수 없으니 병이 어떻게 생긴 건지도 모르겠고 병의 증세도 더 말씀드릴 수 있는 게

❧❧❧❧

24. 소고비小高飛　작은 고비高飛. "고비는 본래 충주 사람으로 인색한 부자다"라는 원주原注가 달려 있다. 『어우야담』에 구두쇠 고비高蜚 이야기가 실려 있다.

없습니다. 다만 눈은 보지 못하고 귀는 듣지 못하고 머리는 들지 못할 뿐입니다."

"그렇게만 말하면 내가 어떻게 약을 쓰나? 내가 의원 노릇 50년에 이런 병은 들어 본 적이 없고 너처럼 병에 대해 말하는 것도 본 적이 없다."

"어르신께 약 한 첩을 지어 달라는 게 아니라 저와 함께 가서 병을 봐 주십사 하는 겁니다. 제가 병이 이렇다 저렇다 해 봐야 무슨 소용이 있겠습니까?"

군응이 갑자기 책상을 치며 말했다.

"소자식! 네가 어찌 감히 나를 오라 가라 하느냐? 서울의 아무개 재상이 나를 오라면서 참먹 수십 동[25]이며 황모필[26] 수백 자루며 후백지[27]와 대후지[28] 수백 축軸을 보내도 가지 않는 게 나다. 아무 고을의 아무개 부자가 나를 오라면서 흰 모시 수백 필이며 명주 수십 동이며 술 몇 동이며 닭 몇 마리를 보내도 물리치는 게 나다. 소자식아, 소자식아! 네가 어찌 감히 나를 오라 가라 하느냐? 썩 물러가 내 눈에 뜨이지 않도록 해라!"

인홍이 눈물을 줄줄 흘리며 말했다.

꽃꽃꽃꽃
25. **동** 먹 10개를 묶은 단위.
26. **황모필黃毛筆** 족제비 꼬리털로 만든 최고급 붓.
27. **후백지厚白紙** 두꺼운 백지.
28. **대후지大厚紙** 장이나 바닥에 비를 수 있는 크고 두꺼운 종이.

"어르신께서 가서 병을 봐 주시지 않으면 제 아내는 죽고 말 겁니다."

군응이 큰소리로 꾸짖어 말했다.

"네가 내 아들도 아니고 네 아내가 내 딸도 아닌데, 내가 네 아내가 죽든 살든 알게 뭐냐? 네 아내에게 병이 있으면 내 약을 얻어 가는 것만으로도 은혜에 감사해서 백 번 절해 마땅하거늘, 네가 어찌 감히 나를 오라 가라 하느냐?"

인홍이 말했다.

"시생이 애석하게 여기는 건 아내가 병들어 죽게 된 것이 아니라, 세 살배기 젖먹이 자식을 보살필 사람이 없다는 겁니다. 깊은 밤 베갯머리에서 젖 달라고 엄마를 부르는 소리를 어찌 차마 들을 수 있겠습니까? 늘 굶주려 피골이 상접한 모양을 어찌 차마 볼 수 있겠습니까? 어르신께서는 제발 한 번만 자비를 베풀어 주십시오."

군응이 어찌 들어줄 리 있겠는가. 책상을 치며 큰소리로 꾸짖기만 할 따름이었다.

인홍은 곧장 다가서서 군응의 멱살을 쥐고는 허리에 차고 있던 눈서리처럼 하얀 빛이 번득이는 칼을 뽑아 들고 큰소리로 외쳤다.

"이 늙은 도적놈아! 너는 무슨 마음을 품었기에 남의 병이 위독하다는 말을 듣고도 거금을 요구하고, 사람이 다 죽어 간다는 말을 듣고도 머리털 하나 꿈쩍하지 않는 게냐? 네게 비록 편작처럼 신령한 의술이 있다 한들 그걸 어디에 쓰겠느냐? 아내의 병을 고칠 수 없다면 내 어린 자식도 함께 죽게 될 텐데, 이 참혹함을 내가 차마 어찌 보겠느냐? 오늘 너를 죽이고 나도 죽어 아무것도 모르는 채 저 세상으로 가는 게 남아의 쾌사快事가 아니겠느냐!"

이군응 집의 자제와 하인들이 위급한 형세를 보고 일제히 구하러 왔다. 인홍은 칼을 좌우로 휘두르며 말했다.

"너희들이 이 늙은이의 목숨을 재촉하려거든 가까이 와라! 너희들이 한 걸음만 더 가까이 오면 내 칼이 한번 춤을 추어 이 늙은이의 목을 작살낼 게다!"

자제와 하인들이 땅에 엎드려 애걸하며 말했다.

"아버지가 요사이 노망이 심해서 손님이 누구신지 모르고 이처럼 객기 어린 말을 하신 겁니다. 손님께서는 제발 저희들의 얼굴을 보시어 분노를 참으시고 천천히 생각해 보시기 바랍니다."

군응은 숨을 헐떡이며 두 손을 모으고 인사하며 말했다.

"제가 잠시 어리석어 이런 망발을 했습니다. 손님께서는 은혜를 베푸시어 제발 이 한 목숨 살려 주십시오!"

인홍은 눈을 부릅뜨고 말했다.

"내 아내와 자식을 죽일 수 없어 우선 파리 같은 네 목숨을 붙여 둘 것이니, 너는 네 살길을 찾아라!"

군응이 거듭 절하며 말했다.

"동쪽으로 갈지 서쪽으로 갈지 오직 손님께서 명하시는 대로 하겠으니 손님은 제발 저를 살려 주십시오."

인홍이 멱살 잡은 손을 조금 늦추고 군웅의 몸을 끌어 일으키며 말했다.

"그렇다면 나를 따라와라."

인홍은 왼손으로 군웅의 옷소매를 붙잡고 오른손으로는 칼을 휘두르며 천천히 마을을 나가면서 군웅의 자제들에게 물러서라고 외쳤다.

"내게 다가오지 마라! 내게 다가왔다가는 그 즉시 너희 아버지 목숨이 끊어질 테니!"

이 때문에 자제와 하인들은 멀찌감치 서서 바라만 볼 뿐 감히 가까이 다가가지 못했다. 그러자 인홍은 옷소매를 풀어 주고 칼을 칼집에 넣은 뒤, 군웅더러 앞서 가게 하고 자신은 그 뒤를 따라갔다.

오래지 않아 평양성 서쪽에 도착했다. 인홍은 군웅과 함께 마루에 올라 자리에 앉더니 아내 진씨를 나오라고 불렀다. 그러나 얼핏 보기에 전혀 안면이 없는 손님이니 진씨가 어찌 나오려 들겠는가? 인홍은 큰소리로 나무랐다.

"나오라면 당장 나올 것이지 뭘 머뭇거리고 있소? 이 분은 보통 손님이 아니라 바로 내 의붓아저씨이니 당장 나와 인사드리시오."

진씨가 할 수 없이 나와 절하자 군웅이 황망히 절을 받으며 말했다.

"누구 부인이십니까?"

인홍이 웃으며 말했다.

"이 사람이 바로 환자입니다."

군응이 깜짝 놀라 말했다.

"아까 말했던 증세와 전혀 다르잖소!"

인홍이 두 번 절하고 말했다.

"시생의 아내는 본래 병이 없습니다. 시생이 어르신께 와 주십사 했던 것은 병을 고치기 위해서가 아니라 어르신께 한 가지 아뢸 말씀이 있었기 때문입니다. 제 사정이 너무 다급해서 좀 전에 대단히 큰 실례를 했습니다만, 제가 처음부터 자세히 말씀드릴 테니 어르신께서는 우선 제 술을 한 잔 받아 주십시오."

그러고는 진씨에게 물었다.

"어제 빚은 술은 다 익었소?"

진씨가 대답했다.

"익었어요."

또 물었다.

"어제 집 판 돈은 그대로 있소?"

"13냥 모두 잘 간직해 두고 함부로 쓰지 않았어요."

"돈은 내게 주고 임자는 술을 떠 두오."

인홍은 직접 시장에 가서 쇠고기장조림, 돼지족발, 중닭, 새끼

오리, 회로 먹기 좋은 해삼, 국거리 생선, 민물에 사는 방어와 잉어, 모랫바닥에 사는 모래무지, 준치, 게, 자라, 대구, 민어 등 온갖 고기와 생선을 샀다. 채소는 배추와 고사리를 사고, 과일은 배, 귤, 대추, 밤을 샀다.

인홍은 아내를 불러 술을 뜨고 안주와 반찬을 차려 군웅의 면전에 올리게 한 뒤 손수 술을 따라 군웅에게 올렸다. 군웅은 본래 술 좋아하는 사람인지라 술 향기가 상쾌하게 코에 닿자 좀 전에 인홍에게 협박당하면서 가슴속에 쌓였던 불평한 마음이 한순간에 구름처럼 사라지고 안개처럼 흩어지며 찌푸렸던 얼굴에 문득 기쁜 빛이 돌았다.

"전에 그처럼 나를 협박해 놓고 지금 이처럼 나를 대접하는 까닭이 뭔가?"

인홍이 손뼉을 치며 말했다.

"선생께서는 왜 이리 사정을 알지 못하십니까? 하나 여쭙겠습니다. 어르신께서 당초에 의원이 되신 건 무슨 생각에서였습니까?"

군웅이 말했다.

"널리 의술을 베풀어 사람들을 구하고 싶다는 생각이었지."

"그 밖에 또 무슨 생각을 가지셨습니까?"

"그 밖에 바라던 거라면 하루 두 끼 밥을 먹으며 처자식이 단란하게 사는 것뿐이지."

"그렇군요. 그러시다면 어르신께서 비록 화타[29]의 후신이요 편작 같은 명의라 한들 깊은 산속 궁벽한 동네의 작은 마을에 살아서야 어찌 많은 환자를 구제하실 수 있겠습니까? 저 부귀한 손님들이 제 몸에 고치기 어려운 병이 있거나 외아들이며 사랑스런 딸에게 자리에서 일어나지 못하는 병이 있어 그 동생을 보내고 조카를 보내 어르신이 지은 약을 구해 가는 경우는 그리 많지 않을 겁니다. 대개는 시골 아이들과 아낙들이 아프다고 외치고 고통을 호소하는 회증[30]이나 입술이 마르고 코가 막히는 감기에 이중탕[31]이나 패독산[32] 몇 첩을 지어 줄 뿐일 겁니다. 그러니 한편으로는 어르신이 구제할 수 있는 사람이 많지 않고, 다른 한편으로는 어르신의 소득이 많지 않거늘, 어찌 잘못된 계책이 아니겠습니까? 어르신께서는 한번 생각해 보십시오. 이 번화한 도시에 오시니 어르신이 머무시던 적막한 산촌과 비교해 어떻습니까? 여기 계시면 남도 이롭게 하고 나도 이로우니 양쪽에 다 알맞은 도리가 아닙니까.

저는 책상물림이라 상공업의 이치도 모르고, 나무하는 일이나

꽃꽃꽃꽃

29. **화타華陀** 후한後漢 말의 전설적인 명의.
30. **회증蛔症** 회충증. 회충이 기생하여 일으키는 병. 복통, 설사, 두통, 어지러움 따위를 일으킨다.
31. **이중탕理中湯** 몸을 따뜻하게 하고 양기를 보하게 하는 한약.
32. **패독산敗毒散** 감기 몸살을 다스리는 한약.

밭일도 감당하지 못합니다. 대대로 이어온 가업도 없고 도와줄 친척도 없으니 온가족이 죽어 구렁에 파묻힐 날이 눈앞에 있습니다. 어르신께서 이곳에 약방을 차려 주시면 이 곤궁한 놈도 살리실 수 있는데, 어르신의 생각은 어떠십니까? 제가 번거로이 어르신께 청한 내용은 초나라와 조나라 양쪽을 위해[33] 궁리한 끝에 나온 생각입니다."

군웅은 한참 동안 묵묵히 있다가 말했다.

"자네 본래 마음씨는 착하거늘, 행동은 어찌 그리 무지막지했던고?"

인홍은 죽을죄를 졌다고 사죄하며 말했다.

"제가 이런 행동을 한 건 부득이한 일이었습니다. 어르신께서는 당대의 뛰어난 의원이신데, 설마 제 한마디 말로 이곳에 오시겠습니까? 설사 그렇게 오신다 한들 어르신께서 집을 사서 스스로 약방을 경영하시지 저와 함께 동업하시려 들겠습니까? 다만 앞서 제가 한 짓은 죽을죄를 지은 것이니, 어르신께서 지금 화를 내고 돌아가셔도 저는 그저 황공할 뿐이고, 관아에 고발해 저를 벌하신다 해도 저는 그저 달게 벌을 받겠습니다."

꿍꿍꿍꿍

33. 초楚나라와 조趙나라 양쪽을 위해 이군웅과 김인홍 양쪽의 이익을 위한 일이라는 뜻. 본래 전국시대 말 소진蘇秦이 진秦나라의 침공이 임박한 조나라를 지키기 위해 초나라 왕을 찾아가서 진나라를 제외한 여섯 나라가 연합하여 진나라에 대항하는 합종책合縱策이 조나라뿐 아니라 초나라에도 이롭다면서 한 말.

군응은 이리저리 궁리해 보다가 이렇게 생각했다.

'내가 이 애자식에게 모욕을 당하고도 지금 여기에 약방을 열면 남에게 적잖이 비웃음을 당할 테니 장차 이를 어찌할꼬? 그렇긴 하지만 지금 인홍의 됨됨이를 보건대 사납기는 호랑이 같고 말솜씨는 현하지변懸河之辯이라 참인지 거짓인지 따져 볼 수가 없구나. 일단 가만히 앉아 이 녀석이 하는 짓을 지켜보는 게 좋겠어.'

얼마 지나지 않아 평양성 안팎 멀고 가까운 곳에 있는 사람들이 온통 떠들썩하게 말했다.

"당대의 편작인 이군응이 인홍의 집에 와서 약방을 열었다!"

각양각색의 기기묘묘한 병자들이 앞 다투어 이군응을 찾아와 인사했다. 벙어리는 말할 수 있게 해 달라 하고, 귀머거리는 듣게 해 달라 하고, 절름발이는 똑바로 걷게 해 달라 하고, 맹인은 보게 해 달라고 했다. 열병에 걸린 자, 한증寒症이 든 자, 중풍으로 쓰러진 자, 음기가 부족해서 화기가 발동한 자,[34] 속이 허하여 화기가 든 자, 고기를 먹으면 소화를 못 시키는 자, 말을 타다 팔이 부러진 자들이 제 발로 걸어오기도 하고, 가마에 실려 오기도 하고, 병의 증세를 적은 기록을 한 장씩 들고 와서 약을 지어 달

꽃꽃꽃꽃

34. 음기陰氣가 부족해서 화기火氣가 발동한 자   한방에서는 몸속에 음기가 허하면 화기가 일어나 열과 땀이 심하고 기력이 쇠약해져 중병에 이를 수 있다고 한다.

라고 하기도 했다. 부자들은 소와 말의 등에 돈을 산처럼 쌓아 오고, 가난한 자들은 다반[35]과 술병에 정을 듬뿍 담아 찾아오니, 인홍의 집 문 앞은 갑자기 몰려든 사람들로 들끓어 인산인해를 이루었다.

그러자 군응은 우쭐한 기분에 어깨가 절로 으쓱이고 눈썹이 절로 펴져서 인홍에게 말했다.

"김군이 나를 속인 건 아니었군."

마침내 본가로 사람을 보내 약장과 약 꾸러미를 모두 가져오게 한 뒤 자리에 둘 물건은 자리에 두고, 못을 박아 벽에 걸어 둘 물건은 걸어 두었다. 대문 왼편에는 큰 글씨로 "신농유업"[36] 네 글자를 써 붙였고, 오른편에는 큰 글씨로 "화타신술"[37] 네 글자를 써 붙였으며, 기둥에는 "귤꽃은 한여름에 붉고/댓잎은 겨울에도 푸르네"[38]라는 글귀를 쓰고, "약포"藥舗(약방) 두 글자를 흰색으로 써 걸었다. 원근에서 침을 놓아 달라, 약을 지어 달라며 오는 이들이 하루가 지나니 두 배가 늘고, 이틀이 지나니 또 그 두 배가

❀❀❀❀

35. 다반茶盤   다기를 담는 작은 쟁반.
36. 신농유업神農遺業   농업과 의술의 창시자라는 전설상의 제왕 신농씨神農氏의 유업. 여기서는 의술을 말한다.
37. 화타신술華陀神術   화타의 신령스런 의술.
38. 귤꽃은 한여름에~겨울에도 푸르네   원문은 "橘花半夏紅, 竹葉忍多靑." 이 시구는 이렇게도 읽을 수 있다. "귤꽃과 반하半夏는 붉고/죽엽竹葉과 인동忍冬은 푸르네." 귤꽃·반하·죽엽·인동은 모두 약재에 해당한다. 그런데 귤꽃은 실제로는 붉지 않고 희며, 반하 꽃도 붉은색이 아니다.

늘었다.

군응이 인홍의 집에 며칠 머무는 동안 아침저녁 밥상을 보니 고기가 산을 이루고 육포가 숲을 이루었으며 온갖 산해진미가 그득했다. 오늘 저녁 반찬은 어제 저녁에 비해 고기 한 가지도 줄어들지 않고, 내일 아침 반찬은 오늘 아침에 비해 나물 한 가지도 많지 않게 가짓수가 늘 일정했다.

군응은 괴이하게 여겨 인홍에게 물었다.

"자네 집 가난한 살림으로 내게 어찌 이런 대접을 할 수 있나?"

인홍이 말했다.

"허어! 애당초 어르신께 와 주십사 하던 때부터 저는 어르신을 변변찮은 음식으로 소홀히 대접하지 않을 생각이었습니다."

군응은 속으로 몹시 기뻐하며 예전에 협박당했던 일을 다시는 전혀 마음에 두지 않았다.

이윽고 봄이 가고 여름이 가고 가을이 지나고 겨울이 되어 납일[39] 전에 눈이 세 번 내리니 섣달 망념간[40]이었다. 섣달그믐이 멀지 않아 명절이 다가오자 고을의 품팔이꾼들은 품값을 달라 재촉하고, 멀리까지 행상하러 나왔던 이들은 돌아갈 짐을 꾸리고, 연

꽃꽃꽃꽃

39. **납일臘日** 동지冬至 뒤 세 번째 미일未日. 음력으로 연말 무렵.
40. **망념간望念間** 보름에서 스무날 사이.

말까지 객지에 있던 나그네들은 귀가를 서둘렀다.

군응은 아내도 있고 자식도 있고 집도 부유한 터에 어찌 객지에서 새해를 보내려 할 리가 있겠는가? 그리하여 인홍을 불러 말했다.

"김군! 장부를 가져와 약값을 계산해 보세. 대략 헤아려 보니 자네와 내 소득이 모두 못해도 수천 냥은 될 게야. 올해 평안도에 대풍이 들어 쌀값이 9전(錢)에 불과하네. 불쌍한 저 농민들은 몇 달 동안 밭에서 얼굴이 검게 타고 손발이 다 갈라지고 일백 번 숨을 헐떡이고 일천 번 땀을 흘리며 모든 기력을 다 쏟아 부었건만, 소득이라곤 많아 봐야 쌀 열두어 섬이 못 되고, 적게는 네댓 섬도 되지 않는다지. 반면에 나는 겨우 붓 몇 자루와 먹 몇 개를 가지고 쌀 수천 섬을 얻었군. 그렇긴 하나 한 가지 한스러운 건 1년 내내 한가로이 앉아 팔짱만 끼고 아무 하는 일 없이 지낸 자네가 내가 번 돈을 나눠 가진다는 거야. 인홍! 술을 가져 오게. 우리 둘이 기분 좋게 한잔하자구!"

인홍은 좋다고 외치며 말했다.

"예예! 그렇긴 한데, 저는 기쁩니다만 어르신은 애석하시겠어요."

군응이 말했다.

"애석하다니, 뭐가?"

"어르신이 오랫동안 애써 고생하셨는데 세밑에 돈 한 푼 못 가져가시는 게 애석하지요."

"무슨 까닭으로?"

"어르신께서 당신 입과 배를 중히 여기고 처자식은 가볍게 여겼기 때문이지요."

군응은 여전히 인홍이 잠깐 우스갯소리를 하나 보다 여기고 즉시 대꾸했다.

"입과 배는 내 몸에 딸렸고, 처자식은 내 몸 밖에 있으니, 입과 배를 중시하고 처자식을 가볍게 여기는 게 당연하지 않나?"

인홍은 더 대꾸하지 않고 안으로 들어갔다.

이튿날 군응이 일어나 자기 집으로 돌아가려 하며 인홍에게 장부를 가져와 약값을 계산해 보라고 했다. 인홍은 주판을 굴려 이리저리 한참 계산하더니 말했다.

"1,917냥입니다."

군응에게 주판을 건네주자 군응이 계산을 끝내고 주판을 내려놓으며 말했다.

"계산이 꼭 들어맞네! 자네와 내가 번 돈이 각각 958냥 5전일세. 혹시 어디 받기 어려운 데 빌려준 돈은 없나?"

인홍은 묵묵히 대답하지 않고 작은 상자를 열더니 작은 장부를 하나 꺼내 군응에게 넘겨주며 말했다.

"어르신이 계산해 보세요."

군응이 받아 펼쳐 보니 밥값을 기록한 장부였다. 군응은 여전히 아무것도 모르는 몽롱한 세계 속에 들어앉아 태연히 물었다.

"이게 누가 먹은 밥값인가?"

인홍이 껄껄 웃으며 말했다.

"어르신은 정말 태곳적 천황씨[41] 시절의 생원님이시군요! 제가 말씀드리지 않을 테니 어르신이 생각해 보세요."

군웅은 눈을 휘둥그레 뜨고 한참 동안 있다가 말했다.

"나는 전혀 모르겠어. 자네가 말해 보게."

인홍은 손뼉을 치며 말했다.

"'밤새도록 통곡해도 어느 마누라 초상인지 모른다'[42]는 속담이 있더니 지금 어르신이 바로 그런 경우군요. 어르신 입으로 드신 아침저녁 두 끼 밥이 어디서 온 건지 모르시겠습니까? 제가 이런 이야기를 들었지요. 옛날 건망증이 심한 어리석은 사내가 있었는데, 밥 먹을 때는 숟가락을 잊고, 길을 갈 때는 걷는 법을 잊고, 고개를 왼쪽으로 돌리면 오른쪽을 잊고, 오른쪽으로 돌리면 왼쪽을 잊을 지경이었다고 합니다. 사내가 어디 갈 일이 생기자 그 부친은 아들의 건망증이 걱정돼서 이런 시구를 지어 주었답니다.

✿✿✿✿

41. 천황씨天皇氏 중국 고대 전설 속의 제왕으로, 태고시대 삼황三皇의 한 사람.

42. 밤새도록 통곡해도~초상인지 모른다 애써 일을 하면서도 그 일의 내용이나 영문을 모르고 맹목적으로 하는 행동을 비꼬는 속담.

지팡이 하나, 갓 하나, 몸이 하나

발에는 또 두 짝 신발.

그러면서 부친은 이렇게 주의를 주었어요.

'이 시만 잊지 않으면 네 몸을 잊지 않고, 네 몸에 지닌 물건도 잊지 않을 게다.'

어리석은 사내가 작별 인사를 하고 떠나서 한 객점客店에 이르러 동행한 사람들과 점심을 먹고 자리에서 일어났습니다. 그런데 사내가 지팡이를 들고, 갓을 쓰고, 신을 신고는 갈팡질팡 사방을 두리번거리며 길을 나서지 못하는 겁니다. 동행한 사람들이 괴이한 일이다 싶어 까닭을 묻자 사내가 긴 한숨을 쉬며 말했습니다.

'아아! 출발할 때 가친께서 내 건망증이 걱정되어 시를 지어 주시며 지팡이 하나, 갓 하나, 몸 하나, 신 두 짝을 잊지 말라고 주의를 주셨소. 지금 지팡이도 여기 있고, 갓도 여기 있고, 신도 여기 있거늘, 다만 내 몸이 어디로 갔는지 모르겠소! 이리저리 생각하고 찾아봐도 그림자조차 보이지 않는구려!'

당시 동행했던 사람들은 동시에 입을 가리고 웃었고, 나중에 이 이야기를 들은 사람들 중에 포복절도하지 않은 이가 없답니다.

저는 천고의 이 재미난 이야기에 짝이 될 만한 이야기를 찾기 어려워 늘 아쉬웠는데, 지금 어르신이 자기 밥값인 줄 꿈에도 모르고 아무런 생각도 하지 못하는 모습을 보니, 옛날 자기 몸을 잊은 어리석은 사내와 지금 자기 입을 잊은 어르신이야말로 과연 천하에 다시없는 좋은 짝이로군요!"

군웅은 그제야 사태를 완전히 깨닫고는 한편으로 분노를 참다가 한편으로 분노를 터뜨려 얼굴이 온통 붉어지더니 장부를 던지고 묵묵히 벽을 향해 돌아앉았다.

인홍은 장부를 주워 들고 소리를 내 가며 계산을 했다. 매 밥상마다 고기 값 몇 냥, 생선 값 몇 전, 심지어 간장 값과 생강 값 몇 푼 몇 리까지 하나하나 계산하니, 매일 몇 십 냥, 매달 몇 백 냥, 도합 몇 천 냥에 이르러 약값을 빼면 오히려 몇 백 냥을 인홍에게 주어야 할 판이었다. 군웅은 분노를 이기지 못하고 말했다.

"개자식, 소자식! 당초에 그렇게 나를 협박하고, 지금 또 이렇게 나를 속이다니, 네 참 간사하구나! 네 참 독하구나! 이런 짓을 그만두지 않으면 네놈 엉덩이에 바늘이 돋고, 배꼽 위에 소나무가 자라며, 앉은 자리엔 풀도 나지 않을 게다!"

인홍이 미소 지으며 말했다.

"어르신은 왜 자기 돈 세 푼만 알고, 남의 돈 일곱 푼은 모르십니까? 만일 제가 이 밥값을 받지 않으면 집도 팔고 농장도 팔아 종로의 거지 신세가 될 겁니다. 어르신은 참 어질지 못하시군요! 어르신은 참 어리석으시군요! 이런 일을 그만두지 않으면 필시 어르신 목이 떨어질 겁니다!"

군웅은 분한 마음이 하늘까지 솟구쳐 두 주먹으로 창문을 때려

부수며 "개자식! 소자식!"이라 큰소리로 외쳤으나 자기 목만 쉴 따름이었다. 급히 일어나 문을 나서며 하늘을 우러러 말했다.

"내가 끝내 저 애자식에게 속았구나!"

계항패사씨[43]는 말한다.

"인홍은 차마 해서는 안 될 일을 하고 말았다! 평소에 자신을 장량과 진평에 견주던 자가 끝내 남을 속이는 협잡배가 되고 말았으니, 이는 그 본래의 면목을 감출 수 없었던 것일까? 그게 아니라면 불우한 영웅이 부득이하여 이런 하책 을 낸 것일까? 읽으니 참으로 탄식할 만하다."

청천자[44]는 말한다.

"이 세상이 어떤 세상인가? 눈 감으면 코 베어 먹을 세상 아닌가. 아아, 군웅이여! 누구를 용서하고 누구를 꾸짖을까? 지금 이로써 세상 사람들에게 경고하니, 경계하고 또 경계할 일이다!"

꽃꽃꽃꽃

43. 계항패사씨桂巷稗史氏 이 작품의 평자評者. 누구인지는 미상.
44. 청천자聽泉子 이 작품의 또 다른 평자. 누구인지는 미상.

군웅은 1년 내내 애써 고생한 것이 모두 허사가 되어 달그락 달그락 고드랫돌[45] 소리만 나는 빈 보따리를 들고 한탄하며 돌아갔다. 인홍의 온 식구들은 희희낙락 닭을 잡고 돼지를 삶아 온종일 취하도록 마시고 배불리 먹었으니, 아아! 속담에 "해곡蟹谷 사는 양반이 게〔蟹〕를 잡고, 황곡黃谷 사는 양반이 누렇게〔黃〕 삶아, 후곡喉谷 사는 양반이 목구멍〔喉〕으로 삼킨다"[46]는 것이 바로 이를 두고 하는 말이다.

인홍은 손뼉을 치고 크게 한숨 쉬며 말했다.

"아아! 내 손으로 용맹한 장수 1천 명과 백만 대군을 거느려 흑풍대왕[47]이나 타사대왕[48] 같은 자들을 사로잡지 못하고 일개 퇴물 늙은이나 잡고 말았구나!"

인홍은 이삼장에게 빌렸던 집을 돌려주고 평양성 안으로 가서 두어 칸 되는 깨끗한 집을 한 채 사더니, 그 뒤로 사람을 속여 재물을 빼앗는 일이 갈수록 심해졌다. 비단옷과 기름진 음식으로 몸과 입을 떠받들고, 하루 식비로 1만 전(100냥)을 쓰면서도 늘

❧❧❧❧

45. **고드랫돌** 발이나 돗자리 따위를 엮을 때 날을 감아 매어 늘어뜨리는 작은 돌.

46. **해곡蟹谷 사는~목구멍〔喉〕으로 삼킨다** 수고하여 일한 사람은 따로 있고, 그 일에 대한 대가는 다른 사람이 받는다는 말.

47. **흑풍대왕黑風大王** 남송南宋의 악비岳飛가 물리쳤다고 하는 금金나라의 맹장.

48. **타사대왕朶思大王** 『삼국지연의』三國志演義에서 남만왕南蠻王 맹획猛獲을 도운 독룡동禿龍洞의 추장.

"젓가락 댈 반찬이 없다"라고 하니 진나라 하증의 풍취[49]가 있었다. 당시 어떤 수전노든, 아무리 꾀가 많고 인색한 자든, 일단 인홍의 수중에 떨어지면 함정에 빠진 호랑이나 그물에 걸린 물고기처럼 달아날 길이 없었다.

각설하고, 평양군 대성산[50]에 절이 하나 있으니, 절 이름은 영원사靈遠寺다. 그 절에 노승이 하나 있으니 법명은 해운海雲으로, 재물을 산처럼 쌓아 당대 최고의 부를 가졌다. 그래서 평안도의 하인이나 어린아이도 그 이름을 들으면 누구나 혀를 내두르며 "부자 중, 부자 중!"이라고들 했다.

하루는 인홍이 해운을 찾아가 돈 5천 냥을 빌려달라고 청했다. 해운은 묵묵부답이었다. 인홍이 재차 입을 열자 해운이 냉소하며 말했다.

"내가 당신에게 줄 5천 냥이 어디 있겠소? 5천 냥이 있으면 평양 전체 가난한 동네에서 아침저녁을 못 먹는 수많은 사람들에게 골고루 1전 1냥씩 줄 수 있소. 그러면 그 사람들은 모두 내게 은혜를 갚겠다며 제 몸이 부서지고 뼈가 가루가 된다 한들 애석해하지 않을 게요. 당신에게 줄 돈도 없지만, 있다 한들 어찌 당신처럼 허랑한 사람에게 주겠소이까?"

༄༄༄༄

49. **진晉나라 하증何曾의 풍취** 하증은 진나라의 재상으로, 사치를 좋아해서 하루 식사 비용으로 1만 전을 쓰면서도 마땅히 먹을 음식이 없다고 투정했다는 고사가 전한다.
50. **대성산大城山** 평양 북동쪽에 있는 산.

인홍은 그 말하는 태도가 불량함을 보고 곧바로 일어나 내려오며 속으로 비웃었다.

"어리석은 중, 이 어리석은 중아! 너는 내가 어떤 사람인지 아직 모르는구나! 네가 오늘은 돈 5천 냥을 온전히 간수했다만 훗날 도리어 두 배로 1만 냥을 쓰게 될 게다. 이 어리석은 중아, 잘 있어라."

인홍은 돌아와 누워 석양이 드는 다락 창가에서 앉았다 누웠다 하며 이리저리 궁리했다. 그때 문득 널문 밖에 목탁 소리가 들리더니 아미타불을 외던 승려 하나가 시끄럽게 문을 두드리며 말했다.

"양반 댁에서 하늘같은 은덕을 베푸시어 부디 쌀 몇 되를 주시기 바라나이다."

인홍은 베개를 베고 몸을 뒤척이며 무심히 듣고 있다가 번뜩 계책 하나가 떠올랐다. 인홍은 돌연 베개를 밀쳐 내고 황급히 문을 열어 주며 말했다.

"대사大師, 들어오십시오! 어서 들어오십시오!"

승려가 앞으로 나와 인사하며 말했다.

"소승이 문안드리옵니다."

인홍이 말했다.

"대사, 올라오세요."

승려가 몸을 움츠리며 말했다.

"황송하옵니다."

인홍이 말했다.

"내 외면은 비록 속인俗人이지만 마음은 속인이 아닙니다. 우연히 행각승[51]을 만나면 친구나 형제를 대하듯이 하니, 당신은 크게 황송하다느니 작게 황송하다느니 말하지 말고 어서 올라오세요."

승려는 여전히 합장하고 말했다.

"황송하옵니다."

인홍이 황망히 마루에서 내려와 승려의 팔을 당기며 말했다.

"스님! 나는 머리에 있는 세 치 상투를 잊었거늘, 당신 마음속에는 '양반' 두 글자가 남아 있구려. 애당초 부모 뱃속에 있을 때 당신은 승려가 아니었고 나는 속인이 아니었건만, 불행히도 세월이 흐르는 동안 당신은 승려가 되고 나는 속인이 된 거 아니오. 우리 오늘은 승려니 속인이니 하지 말고, 태어나기 전의 본래 모습으로 마주 앉읍시다."

승려는 혼잣말로 중얼거렸다.

"황송무지하옵니다."

인홍이 그 승려의 생김새를 자세히 살펴보니 그리 영리해 뵈지 않는 데다 말과 행동이 몹시 촌스럽고 어리석은지라 속으로 매우 기뻐했다. 인홍이 승려에게 어디 사는지, 속성俗姓이 무엇인지 묻

꽃꽃꽃꽃

51. **행각승行脚僧**　여러 곳을 돌아다니며 수행하는 승려.

자 승려가 대답했다.

"소승은 평양 형제산[52] 안흥사安興寺의 중으로, 속성은 김이고, 법명은 월성月姓이옵니다."

인홍이 하하 웃으며 말했다.

"나와 같은 성씨라니 더 반갑소. 언제 머리 깎고 승려가 되셨소?"

승려는 한숨을 한 번 내쉬고 말했다.

"소승은 형제도 있고 아내도 있고 자식도 있었습니다. 그런데 작년 정월에 어떤 장님 점쟁이가 와서 한 해 운수를 보더니 이렇게 말했습니다.

'올해 삼사월에 집안 운수가 매우 좋지 않군.'

이 때문에 늘 걱정스러웠는데, 과연 진달래가 다 지고 뻐꾸기가 울려 하는 시절이 되자 온 가족이 전염병에 걸려 하나하나 목숨을 잃고 말았습니다. 모진 이 목숨만 홀로 남아 오늘은 전라도, 내일은 경상도로 떠돌다가 마침내 섣달에 객살이 하던 아무개 동지[53] 댁 혼사 이튿날에 머리를 깎고 중이 되었습니다."

인홍이 승려의 말을 들으니 하는 말마다 모두 백치 천치인지라 속으로 쾌재를 부르며 해운 대사가 과연 재물 잃을 운수가 있다

❧❧❧❧

52. 형제산兄弟山　평양 서북쪽에 있는 산.
53. 동지同知　동지중추부사同知中樞府事의 약칭. 직함이 없는 노인의 존칭으로도 쓰였다.

고 여겼다. 승려에게 물었다.

"내일 평안 감사 사또께서 대동강에 뱃놀이하러 나오신다니 우리 같이 가서 구경합시다."

승려가 말했다.

"소승은 두 발이 곧 제 한 몸의 생계라서 오늘 쌀 한 되를 구걸하고 내일 쌀 한 되를 구걸해도 입에 풀칠하고 배를 채우기에 부족합니다. 어느 곳에 어사출또가 있다 한들 느긋하게 가서 볼 여유가 없습니다."

인홍이 물었다.

"하루 종일 쌀을 얻으러 다니면 몇 되나 얻소?"

승려가 말했다.

"네댓 되에 지나지 않습지요."

인홍이 말했다.

"스님, 걱정 마쇼. 사흘 쌀을 구걸해 봤자 한 말 닷 되에 지나지 않거늘, 우리 집이 아무리 가난해도 그 정도 쌀은 있소. 오늘은 다리를 쉬게 하고, 내일은 답답한 마음을 시원하게 풀고, 모레는 여기 머물며 한담이나 나눕시다. 그러면 우리 집 곳간에 있는 희디흰 쌀로 당신이 사흘 동안 돌아다니며 얻는 양을 채워 주겠소. 복잡하게 생각 말고 내 말을 따르시오."

승려는 "황송하고 감사하옵니다!"라고 말할 뿐이었다.

이튿날 평안 감사가 대동강에 놀러 나왔다. 행렬의 선두에는 흰 비단으로 만든 사명기[54]가 바람에 휘날리고, 남여[55] 하나를 가운데 두고 그 앞뒤를 호위병들이 벌떼처럼 에워쌌다. 기녀 무리들은 좌우로 줄 지어 따르고, 군노[56] 둘은 크고 작은 소리로 "물렀거라!" 외쳤으며, 행렬의 뒤에는 몽둥이를 들고 곤장을 든 자들이 따라왔다. 본래 우리나라에서도 유명한 평안 감사의 행차 광경인데, 이를 처음 본 산승山僧이 어찌 두려운 마음이 없었겠는가?

인홍 자신은 길 왼편에 서고, 승려는 길 오른편에 서게 한 뒤 주의를 주는 체하며 이렇게 말했다.

"본래 감사 행차는 순식간에 지나가서 문득 보지 못하는 경우가 있으니, 당신은 꼭 유념하고 내 지시대로 잘 따르시오."

승려는 "예예"라고 말했다.

이윽고 감사가 탄 남여가 가까워지자 인홍은 승려를 향해 손을 뻗었는데 이쪽으로 오라고 부르는 모양 같았다. 승려는 인홍을 보고 황급히 길 가운데를 지나 인홍을 향해 뛰어왔다.

앞에 서 있던 군노가 행차의 앞길을 범한 승려를 보고 사납게 꾸짖었다.

"어떤 중놈이 감히 이처럼 당돌하게 구느냐?"

군노는 곧장 승려를 붙잡아 감사에게 보고했다. 감사는 보고를

---

54. 사명기司命旗 각 군영軍營의 대장이나 관찰사 등이 휘하의 군대를 통솔하는 지휘기.
55. 남여藍輿 의자 비슷하게 생긴, 뚜껑이 없는 작은 가마.
56. 군노軍奴 군대에 관한 일을 맡아보는 관청에 속한 종.

들고 매우 노하여 명령을 내렸다.

"이 중은 그대로 둘 수 없다. 옥에 가두어 내일 내 문초를 기다리게 하라!"

두 군노가 즉시 "예!"라고 외치고 그 중을 결박해 갔다.

인홍은 그 뒤를 따라 천천히 걸어가서 옥에 갇힌 승려를 만났다. 승려는 눈물을 뿌리며 말했다.

"소승이 무슨 죄가 있기에 사지死地에 빠뜨리신 겁니까?"

인홍이 말했다.

"당신 스스로 사지에 빠졌으면서 도리어 남이 당신을 사지에 빠뜨렸다고 하다니요."

승려가 말했다.

"생원님께서 손을 흔들어 부르지 않으셨다면 소승이 왜 여기 있겠습니까? 생원님께서 당초에 '지시대로 잘 따르라'고 했던 한마디 말이 바로 소승을 사지에 빠뜨리려는 계교 아니었습니까."

인홍이 호호 웃으며 말했다.

"이런 어리석은 중! 이런 못된 중! 내가 당신과 전후로 아무 원한도 없었고 원수 질 일도 없는데, 왜 당신을 사지에 빠뜨리겠나? 또 내가 당신을 향해 손을 흔든 건 꼼짝 말고 가만 서 있으라고 했던 거야. 당신이 행차 앞길을 함부로 가로막아 죄를 지을지 내 어찌 알았겠나?"

그러고는 옥지기에게 말했다.

"이 사람은 아무 산 아무 절의 중으로, 나와 왕래하며 친밀하게 지낸 지 벌써 여러 해일세. 매우 근실하고 신중한 사람인데 천성이 조금 어리석어 이런 잘못을 범했구먼. 자네가 내 얼굴을 봐서 이 중을 좀 봐줄 수 있을까? 칼과 차꼬를 풀고 내 집에 머물게 했다가 사또가 문초하실 때에 맞춰 다시 잡아오면 이 중은 은혜에 감사해 마지않을 것이고, 나도 그 고마움을 마음에 새겨 잊지 않겠네. 자네 생각은 어떤가?"

옥지기는 이미 인홍의 힘이 두려워 복종한 터라 백 가지를 말하면 백 가지를 다 허락할 태세였으니, 이처럼 소소한 일이야 더 머뭇거릴 게 뭐 있겠는가. 당장 허락했다.

인홍은 승려와 함께 옥문 밖으로 나와 두어 걸음 걷자마자 은밀히 귓속말을 했다.

"여기 머물러 있다가는 곤장을 맞아 통통한 살점이 다 떨어져나가고, 사또의 호령에 넋이 하늘로 날아오를 거요. 두 주먹을 꽉 쥐고 어서 빨리 달아나쇼."

승려는 거듭거듭 절하며 생원의 은덕에 감사드린다고 하고는 재빨리 달렸다.

인홍은 승려를 보내고 곧장 영원사로 달려가 해운 대사를 만났다. 해운 앞으로 가서 인사를 하자 해운은 한참 동안 흘겨보다가 말했다.

"생원님은 무슨 일로 또 오셨소?"

인홍이 합장하며 말했다.

"제가 대사께 감히 청할 일이 하나 있는데 허락해 주시겠습니까?"

해운이 즉시 대꾸했다.

"허락할 만한 일이면 허락하고, 허락 못할 일이면 허락하지 못하겠소."

인홍이 한숨을 쉬며 말했다.

"제 나이 마흔이 가까운데 딸 하나, 아들 하나가 있을 뿐이라 애지중지하며 금이야 옥이야 키우고 있습니다. 그런데 두 아이 모두 약질에 원기가 부족해서 여름에 조금만 더워도 서체[57]가 생겨 앓아눕고, 겨울에는 조금만 추워도 콧물이 줄줄 흐르니, 타고난 병약 체질을 차마 볼 수 없습니다. 바라건대 하느님과 부처님이 힘껏 보호해 주시어 시집 장가 가서 아들 손자를 낳기만 한다면 저희 부부는 기뻐서 천 길 만 길 펄쩍펄쩍 뛰어오르고 쿵쿵 발을 구르다 혹시 하늘에 닿을까 땅이 무너질까 걱정할 겁니다. 제가 여기 온 이유는 대사께서 저희 집에 오셔서 목욕재계하고 전조단발[58]하는 예법을 저에게 가르쳐 주셨으면 해서입니다. 나물에 거친 밥일망정 불공을 드리려 하니 대사께서는 한번 왕림해

57. 서체暑滯 여름철에 더위로 인하여 생기는 체증滯症.
58. 전조단발剪爪斷髮 제사를 지내거나 기원을 올리기 전에 근신하는 뜻으로 손톱을 깎고 머리털을 자르는 일.

주셔서 제 작은 정성을 돌아봐 주시기를 부디 엎드려 바랍니다.”

해운이 껄껄 웃으며 말했다.

“불공이 필요하면 와서 불공을 드리실 일이거니와, 목욕재계하는 데 무슨 별다른 예법이 있고, 전조단발하는 데 무슨 특별한 방법이 있겠소?”

인홍이 말했다.

“비록 그렇긴 하나 저희 집 온 가족과 하인들까지 대사께서 한 번 오시기만 바라고 있습니다. 쌀 몇 되를 빻고 또 빻고, 산나물 몇 움큼을 씻고 또 씻으며 대사 모셔 오기를 바라는 마음이 마치 깊은 산 묘지기가 자기 상전이나 의정부 대신의 행차를 반갑게 맞이하듯 합니다. 이렇게 정성스레 온 집이 숙연해서 심지어는 두어 살 딸아이도 감히 울지 않는답니다. 대사께서 왕림해 주시지 않으면 저들이 얼마나 낙심하고 낙담하겠습니까? 한번 잘 고려해 주십시오.”

해운은 이 말을 듣고 한참 동안 고민하다가 이렇게 생각했다.

‘김인홍 역시 평안도 양반으로 재능 있고 힘 있는 인물이다. 지난번에 돈 빌려달라는 부탁을 들어주지 않았는데, 이번에 또 한 번 방문해 주는 일까지 거절한다면 이 어찌 내 스스로 혐의를 만드는 일이 아니겠나? 5천 냥 돈이야 아낄 만하지만 잠시 다리품 파는 거야 아낄 게 뭐 있겠나.’

해운이 일어나며 말했다.

"노승이 이 산을 내려가지 않은 지도 벌써 1년이 넘었소. 거부 댁이나 위세 높은 양반 댁에서 종종 나를 초청해도 일절 응하지 않았소만, 생원님이 이렇게까지 청하시는데 내 어찌 나만 높일 수 있겠소이까?"

마침내 인홍과 함께 산을 내려갔다.

인홍의 집에 이르러 석장[59]을 내려놓고, 대삿갓을 벽에 걸고, 마루에 막 자리를 잡고 앉는데, 별안간 어디에서 왔는지 관리 셋이 바람처럼 달려들더니 사나운 호랑이처럼 을러대며 두 눈을 부릅뜨고 말했다.

"그 중놈이 어디 있느냐?"

인홍은 해운을 가리키며 말했다.

"여기 있소, 여기 있소!"

관리들은 외마디 소리를 지르며 주먹으로 해운 대사를 때려눕히더니 굵은 밧줄로 몸을 결박하고 양손에 수갑을 채운 뒤 오동지 보법[60]으로 날듯이 잡아가는데, 두 다리는 공중에 뜬 듯하고 눈에서는 불이 이는 듯했다.

해운은 눈을 휘둥그레 뜨고 망연자실하여 무슨 영문인지 모른 채 인홍을 돌아보고 말했다.

꽃꽃꽃꽃
59. **석장錫杖** 승려의 지팡이. 육환장.
60. **오동지烏同知 보법步法** '오동지'라는 인물의 빠른 걸음을 말하는 듯한데, 자세한 것은 미상.

"생원님은 왜 나를 죽이려 하십니까?"

인홍은 성난 눈으로 노려보며 긴 수염을 고슴도치 털처럼 곧추일으키고는 큰소리로 꾸짖었다.

"개자식! 너는 이전에 지은 죄가 생각나지 않느냐? 네 돈이 산처럼 쌓였고 쌀이 썩어 가니 5천 냥쯤 내는 건 아홉 마리 소에서 털 하나 뽑는 격이거늘, 고을 양반을 우습게 보고 패악을 부림이 막심했다. 내가 사또께 아뢰어 이 커다란 분을 풀기로 맹세했으니, 네 목이 얼마나 단단한지 한번 보자꾸나!"

해운이 괴로이 울부짖었다.

"생원님, 살려 주십시오! 생원님이 오늘 소승을 용서해 주시면 소승이 내일 5천 냥을 바치겠나이다!"

인홍은 비웃기도 하고 꾸짖기도 하며 말했다.

"이 간사한 중, 간사한 중! 네가 감히 나를 잠깐 속여 보려고? 온갖 간교한 꾀를 부리는, 원숭이처럼 간사하고 쥐새끼처럼 교활한 자라 해도 내게 속아 넘어가지 않을 자가 없고, 기지가 넘쳐 하늘에 오르고 땅속으로 들어가는 자라 해도 감히 나를 속이지 못하거늘, 하물며 너처럼 하잘것없는 간사한 중이야 더 말할 나위가 있겠느냐? 게다가 내가 아무리 곤궁하다 한들 꺼림칙한 네 돈 5천 냥을 어디다 쓰겠느냐? 한번 보자. 너는 끌려가는 도중에 차사[61]에게 인사치레로 수백 냥은 써야 할 거고, 관아에 일단 잡혀 들어가면 위아래로 돈을 뜯겨 수천 냥은 써야 할 거야. 모진 곤장, 모진 몽둥이세례에 통통한 살점이 다 떨어져 나간 뒤 두어 달 옥에 갇혀 칼을 차고 있노라면 온몸이 짓물러 종기가 나고 허리와 엉덩이에는 구더기가 생기겠지. 그러고도 옥에서 나오려면 또 수천 냥은 써야 할 테지. 이리저리 뇌물을 먹이며 아침저녁으로 청탁을 넣어야 겨우 나올 수 있으니 말이야. 그래도 줄이고 또 줄이면 전후로 드는 돈이 3만 냥을 넘지는 않겠구나. 통쾌하다, 통쾌해! 나는 일어나서 한 번 춤을 춰야겠다." 평자評者는 말한다. "악인의 사악한 입이로다!"

저 차사 셋은 모두 인홍과 이미 몰래 약속을 해 둔 자들인지라 진작 잡아가지 않고 때리고 발로 차고 으르댈 뿐이니, 해운 대사는 몸 둘 곳이 없었다. 본래 해운은 부유한 중이라서 좌우로 늘어선 제자가 늘 수십 명이었고, 탁자에 기댄 채 한 번 부르기만 하면 마루 아래에서 대답하는 심부름꾼이 늘 수십 명 이상이었다. 비록 초년에 불행하여 승려가 되기는 했으나 만년의 신세는 삼공三公과도 바꾸지 않을 만해서 입만 열면 자신을 '노승'이라 칭하며 거만하기 그지없었다. 감기만 한번 들어도 연신 아파 죽겠다고 소리를 질렀으니, 하물며 사나운 차사들의 매서운 몽둥이질이야 꿈속에선들 당해 본 적이 있겠는가. 몽둥이 한 대에 한 줄기 눈물, 몽둥이 두 대에 두 줄기 눈물이 흘러내렸다.

꽃꽃꽃

61. 차사差使 고을 수령이 죄인을 잡으려고 내보내던 관아의 하인.

해운은 생각했다.

'관아에 아직 이르기도 전부터 차사의 독수毒手가 이처럼 참혹하니, 관아에 도착해서 서릿발 같은 호령이 내리고 손끝에 바람이 일면 나는 일순간에 고통스레 죽겠구나!'

그리하여 인홍을 돌아보고 말했다.

"생원님, 살려 주십시오! 소승이 오늘 5천 냥을 바치겠습니다."

인홍이 성난 목소리로 말했다.

"네가 오늘 500만 냥을 바친다 한들 나는 필요 없다. 내가 바라는 건 네가 옥중에서 말라죽는 것뿐이야!"

해운이 다시 외쳤다.

"생원님! 당장 이 영원사 전체를 허공에 띄워 보내도 아깝지 않으니, 이 한 목숨만 살려 주십시오!"

인홍이 허허 웃으며 말했다.

"네가 오늘에야 뜨거운 맛을 알았구나. 내가 바라는 건 네가 곤장을 맞고 죽는 것이었는데, 네가 죄를 인정하는 말을 듣고 보니 그 역시 가련하구나. 2만 냥을 당장 갖다 바치면 내 너를 살려 주겠다. 만약 잠깐의 거짓말로 나를 이리저리 속이려 할 시에는 죽음을 면키 어려울 테니, 잘 생각해서 처신해라!"

해운이 말했다.

"소승이 어찌 감히 거짓말을 하겠습니까? 아이종 하나만 빌려

주시면 당장 2만 냥을 갖다 바치겠습니다."

인홍은 허락하고 즉시 집에서 늘 심부름 시키던 아이를 불러 해운의 지시에 따르게 했다. 해운은 종이와 붓을 청하고 수갑을 풀어 달라고 한 뒤 마음을 억누르고 편지 한 통을 썼다.

아아! 너희들은 어서 와서 나를 살려라! 내가 일전에 마음이 흐릿해져 죄를 짓고 양반의 노여움을 샀는데, 이 일이 사또의 귀에 들어가 애달픈 내 몸이 죽을 지경에 빠지게 되었다. 너희들이 나를 사부로 생각한다면 어서 와서 나를 구할 것이요, 나를 사부로 생각하지 않는다면 여기서 내가 살가죽이 다 벗겨지고 살점이 다 떨어져 죽게 그냥 내버려 두어라. 그런데 너희들이 그냥 오기만 해서는 소용없다. 반드시 동전 2만 냥을 가지고 와서 내 죗값을 치러야 한다. 2만냥 중 동전 한 푼이라도 적으면 나는 오늘 죽게 될 터이니, 아아! 너희들은 어서 와서 나를 살려라. 두려움에 벌벌 떨려 글자를 제대로 쓰지 못한다.

편지를 다 써서 아이에게 주며 급히 영원사로 가서 승려들에게 전해 달라고 당부했다.

아이는 숨을 헐떡이며 절로 달려가서 외쳤다.

"편지 왔습니다!"

승려들이 혹은 비스듬히 누워 있다가, 혹은 앉아 있다가 느릿 느릿 물었다.

"어디서 온 편지인고?"

편지를 받아 뜯어보니 편지 안에는 몇 줄 참담한 말이 적혀 있는 게 아닌가. 승려들은 눈을 휘둥그레 뜨고 서로를 돌아보며 말했다.

"사부께서 무슨 큰 죄를 지으셨기에 이런 일을 당하셨을까? 그렇지만 형세가 매우 위급하니 그 이유를 따지고 있을 겨를이 없어. 날쌘 승려 한 사람이 먼저 달려가서 사부 대신 죄를 받도록 하고, 나머지 사람들은 동전 2만 냥을 가지고 빨리 뒤따라가서 바치는 게 좋겠어!"

인홍은 아이를 보내고 소식이 오기만 기다렸다. 얼마 지나지 않아 승려 하나가 들어와 애처롭고 간절한 말로 해운을 용서해 달라고 빌었다. 또 얼마 지나지 않아 몇 사람의 일꾼이 돈 보따리를 등에 짊어지고 숨을 헐떡이며 오고, 승려 둘이 그 뒤를 따라왔다. 인홍은 그 광경을 보고 속으로 탄식했다.

"예로부터 돈이 있으면 귀신도 부린다더니, 허튼소리가 아니구나! 내가 보니 이 중은 재주도 없고 능력도 없고 학문도 없고 식견도 없다. 그리하여 일개 시골 생원이 우롱하는 수단에도 단박에 거꾸러져 애걸복걸하니 가소로운 바보에 불과하거늘, 이런 자를 전후좌우에서 죽을힘을 다해 구하려는 까닭은 대체 뭘까?

아아! 이 어찌 해운 한 사람을 위해 그러는 것이겠는가? 그 사이의 이러저러한 일은 군이 말할 필요도 없으니, 신령하구나, 돈이여! '돈이 항우'[62]라는 말이 세상 사람들의 입에 전하는 이유가 여기 있다."

인홍은 즉시 돈을 접수하고 해운에게 말했다.

"사정이 이리 되긴 했으나 너는 일단 관아에 한번 들어가야겠다. 이미 사또께서 잡아오라는 명을 내리셨는데 내가 마음대로 너를 풀어 줄 수 없으니, 관아로 가거라."

해운이 머리를 조아리고 말했다.

"생원님께서는 왜 소승을 용서해 주시지 않습니까?"

인홍이 말했다.

"내가 왜 너를 용서하지 않으려 하겠느냐? 네가 이미 이처럼 죄를 인정했으니, 나도 다른 원한은 없다. 지금 와선 오히려 네가 잘 되게 해 달라 빌 수도 있거늘, 어찌 너를 빨리 풀어 주고 싶지 않겠느냐? 다만 오늘 아침 내가 사또께 네 죄를 다스려 달라고 청했다가 지금 갑자기 너를 다시 용서해 주십사 한다면, 왜 이랬다 저랬다 변덕을 부리느냐며 남들의 분노와 의심을 살 뿐 아니라 사또께서도 필시 나를 미치광이라 여기실 게다. 그러니 너

🌼🌼🌼
62. **돈이 항우項羽** 초한楚漢 시대의 항우 같은 인물이 옛날의 대표적인 영웅이었다면, 지금 시대의 영웅은 돈이라는 뜻.

는 비록 고통스럽더라도 참고 곤장 한 대만 맞아라. 그런 뒤에 내가 편지 한 통을 올려 사또께 네 죄를 사면해 달라고 청할 테니, 이리 되면 너나 나나 둘 다에게 좋은 일 아니겠느냐."

해운이 간절히 애원해 마지않았으나 차사 세 사람이 어찌 해운을 놓아 주려 들겠는가. 마침내 관아로 잡혀가니, 이윽고 해운의 좌우로 곤장을 든 자들이 빽빽이 섰다. 감사가 호령했다.

"이 하찮은 중놈아, 너는 어떤 놈이기에 감히 내 앞길을 함부로 범했느냐! 한나라 고조는 앞길을 가로막은 큰 뱀도 베어 죽였거늘,[63] 하물며 너 같은 자식이야 봐 줄 게 무엇 있겠느냐!"

그러고는 큰소리로 외쳤다.

"쳐라! 쳐라!"

곤장을 든 자들이 번갈아 사납게 내리치니, 해운의 볼기 가죽이 터지고 찢어져 피가 철철 흘러나왔다.

해운은 비록 감사의 말이 또렷이 들렸으나, 흡사 월상[64]의 사신이 성주[65]에 처음 온 것이나 매한가지라 한마디 말도 알아들을 수

꙾꙾꙾꙾

63. 한나라 고조高祖는~베어 죽였거늘 『한서』漢書에 다음의 전설이 실려 있다. 한나라 고조 유방劉邦이 정장亭長 시절 밤에 큰 늪 주변을 지나다가 큰 뱀이 길을 가로막자 검으로 뱀을 베어 죽였다. 그 뒤에 그 길을 가던 사람이 한 노파가 곡하는 모습을 보았는데, 노파는 그 뱀이 자신의 아들인 백제자白帝子의 화신으로 적제자赤帝子에게 살해당했다고 했다. '백제자'는 진秦나라 황제, '적제자'는 유방을 가리키는 것으로 해석하여 훗날 유방이 중국을 통일할 것을 미리 암시한 일로 알려졌다.

64. 월상越裳 "지금의 안남安南(베트남)"이라는 원주가 달려 있다.

65. 성주成周 동주東周 시대 주나라의 수도 낙읍洛邑(낙양洛陽)의 다른 이름.

없었다. 눈만 휘둥그레 뜨고 어안이 벙벙하여 무슨 말인지도 모르는 채 그저 아프다고 비명을 지르며 제발 불쌍히 여겨 달라는 말만 할 따름이었다.

해운이 곤장을 매우 맞고 일어나 관아 문을 나서려니 두 무릎이 덜덜 떨려 걸을 수 없었다. 여러 사람에게 들려 산사로 돌아간 뒤 두어 달 앓고 나서야 몸을 움직일 수 있었다. 잠깐 인홍의 간계에 빠져 잊을 수 없는 치욕을 당했음을 알아차렸으나, 종로에서 뺨 맞고 한강에서 눈 흘길 뿐 산중의 어리석은 중이 백 가지 꾀를 내고 천 가지 재주를 부리는 인홍을 어쩌겠는가.

청천자는 말한다.

"인홍의 간교함을 꾸짖지 말고, 산승의 어리석음을 꾸짖어라. 아아, 너 산승이여! 누가 너더러 이처럼 어리석게 굴라고 가르쳤더냐!"

계항패사씨는 말한다.

"인홍의 간교함은 족히 꾸짖을 것도 못 되거니와, 세상 사람들은 모두 해운의 인색함을 탓하지만 나는 인색함도 족히 탓할 것이 못 된다고 생각한다. 재물이라는 것은 귀신도 아끼는 것이요 사람들 모두가 바라는 것이다. 그러니 인색함이 없다면 그것을 어떻게 지킬 수 있겠는가? 하지만 지키는 법을 안다면 쓰는 법도 알아야 한다. 해운 같은 자는 세상을 구제하고 사람들을 이롭게 하는 법을 알지 못했으니, 그가 재앙을 만난 것이야 또 애석할 게 무엇 있겠는가?"

이 때문에 세상에서는 인홍이 베개를 한 번 움직일 때마다 기이한 계책 백 가지가 나온다고들 했으나, 인홍이 순식간에 한 일을 보면 신이 놀라고 귀신이 통곡할 만하니, '베개를 한 번 움직일 때마다'라는 말도 인홍의 기민함을 비유하기에는 오히려 부족하다.

인홍이 서울에서 지낼 때의 일이다. 한번은 돈이 매우 급해서 옷을 벗고 예전에 입던 해진 바지저고리를 상자에서 꺼내 입은 뒤 살쩍도 가다듬지 않고 얼굴의 때도 씻지 않은 채 곧장 광통교[66]로 갔다. 인홍은 광통교 좌우에 놓인 두세 개의 닭둥우리를 보더니 머뭇거리며 걸음을 떼지 못했다. 닭장수가 그 모습을 살펴보니 왼쪽을 봐도 시골 촌뜨기요, 오른쪽을 봐도 시골 촌뜨기였다.

예로부터 서울의 시정에서는 시골 사람이 하나 나타났다 하면 머리부터 발끝까지 다 벗겨 먹지 못할까 한스러워 하는지라, 닭

❧❧❧❧
66. 광통교廣通橋 청계천 위에 있던 돌다리.

장수는 인홍이 길에서 머뭇거리는 모습을 보고 물었다.

"뉘신데 공연히 여기 머물러 계시오?"

인홍이 말했다.

"나는 평안도 용강군龍岡郡 아무 산의 작은 마을에 사는 농사꾼으로, 밭을 갈고 우물을 파서 내 힘으로 먹고 사오. 산 밖으로는 한 걸음도 나가 본 적이 없어서 산 밖의 일이라곤 아무것도 모르오. 그런데 오늘 서울에 와서 우연히 이곳을 지나가다 문득 이 새장 속의 새를 보니 몹시 이상하게 생긴 게 아니겠소? 그래서 서성이며 발을 떼지 못하고 있는 거요. 이게 이름이 뭔지, 대체 어떤 새인지 분명히 알려 주기 바라오."

닭장수는 한참 동안 그 말을 듣고는 한바탕 깔깔 웃고 대답했다.

"이게 바로 봉鳳이오."

인홍은 깜짝 놀라 앞으로 다가서며 말했다.

"이게 과연 봉이구려! 내가 지금은 비록 농사를 짓지만, 옛날 열네다섯 살 시절에는 과거를 보려고 글을 읽은 적이 있소. 그때 나는『사략』[67] 첫 권을 읽고, 고향의 친구는『서경』書經「순전」[68]을 읽고 있었소. 그중 '소소를 아홉 번 연주하니 봉황이 날아와 춤을 춥

67.『사략』史略 『십팔사략』十八史略. 원나라의 증선지曾先之가『사기』史記로부터『송사』宋史에 이르는 중국 역대의 역사서 18종을 간추려 엮은 책. 삼황三皇·오제五帝로부터 송나라까지의 역사를 실었다.
68.「순전」舜典 『서경』書經 우서虞書의 편명. 순임금의 인생을 남았나.

니다'[69]라는 구절이 있었는데, 훈장님께서 이렇게 풀이해 주셨소.

'봉황은 상서로운 새여서 성인이 임금의 자리에 계시면 봉이 나타난다. 그러므로 황제黃帝 시절에 봉이 아각[70]에 둥지를 틀었고, 그 뒤 당우[71]와 삼대[72] 시절에 봉이 와서 상서로운 징조를 알린 일이 비일비재했다. 그러나 진秦나라 이래로 지금에 이르기까지 수천 년 동안 위에는 성군聖君이 없고 아래에는 어진 재상이 없기에 마침내 천하에 봉의 자취가 끊어졌다.'

당시에 훈장님이 이처럼 상세히 풀이해 주신 덕분에 나는 지금도 이 몇 구절 이야기를 기억하고 있는데, 뜻밖에 오늘 이 상서로운 새를 내 눈으로 직접 보게 되었구려! 그건 그렇고, 봉 한 마리 값이 얼마요?"

닭장수가 말했다.

"큰놈은 수백 냥이고, 작은놈은 수십 냥이오."

인홍이 말했다.

"내 전대에 있는 게 10냥 7전뿐이니, 제일 작은 봉 한 마리를 헐값에 내게 주시오. 그러면 내 마땅히 두 번 절하겠소."

༺༻༺༻

69. **소소簫韶를 아홉~춤을 춥니다** 『서경』우서 「익직」益稷에 나오는 말. '소소'는 순임금의 음악.
70. **아각阿閣** 사방에 높은 처마가 있는 누각. 황제黃帝 때 천하가 태평하여 궁궐의 아각에 봉황이 둥지를 틀고 살았다는 전설이 있다.
71. **당우唐虞** 요순시대堯舜時代.
72. **삼대三代** 하夏·은殷·주周 시대.

닭장수가 말했다.

"당신 절은 필요 없소. 제값을 치르고 사 가쇼."

인홍은 당장 전대에서 10냥 7전을 꺼내 닭장수에게 건네주고 두 번 절하며 가장 작은 봉 한 마리를 사게 해 달라고 청한 뒤 또 축원하는 말까지 했다.

"노형이 이처럼 덕을 쌓으시면 부귀와 공명을 누리고 자손이 집에 가득할 것이오."

닭장수는 웃음을 참지 못하고 킥킥 웃으며 말했다.

"봉 가져가쇼, 가져가! 하지만 다른 사람들에겐 200냥이나 300냥에 샀다고만 말하고, 절대로 10냥 7전에 샀다는 말은 하지 마쇼."

인홍은 공손히 두 손을 마주잡고 말했다.

"다른 사람들에게는 이 봉 한 마리 값이 600냥이라고만 하겠소."

닭장수가 입을 가리고 웃으며 말했다.

"좋아요, 좋아! 당신 참 좋은 사람이오. 다음에 또 와서 많이많이 사시오."

인홍은 그러마 약속하며 말했다.

"고맙소, 고맙소. 이 한 마리를 헐값에 샀는데도 다음에 또 와서 사라고 하니, 고맙소, 참으로 고맙소!"

인홍이 자리에서 일어나 미처 몇 걸음을 가지 못했는데, 닭장수가 깔깔 웃으며 말하는 소리가 들렸다.

"세상이 넓으니 별별 것이 다 있구나!"

인홍은 즉시 노끈으로 닭의 두 발을 묶은 뒤 두 손으로 받쳐 들고 곧장 포도대장[73] 댁 문 앞으로 달려가서 동쪽으로 갔다 서쪽으로 갔다, 위로 올라갔다 아래로 내려갔다 하며 고래고래 소리 질렀다.

"봉 사시오, 봉을 사시오!"

그러고는 또 가락을 붙여 노래를 불렀다.

"상서로운 봉이여, 상서로운 봉이여, 어찌할까나! 성인께서 임금 자리에 계시고 조정이 청명하여 상서로운 봉이 나타났구나. 봉 사시오, 봉을 사! 천년에 얻지 못할 봉, 봉을 사시오!"

인홍은 그렇게 노래를 부르고 또 부르며 온종일 왔다 갔다 하는 것이었다.

포도대장누군지 모르겠다은 한참 동안 귀 기울여 듣다가 매우 괴상한 일이다 싶어 하인을 불러 분부했다.

"너는 나가서 어떤 미친놈이 아침부터 저녁까지 '봉 사시오, 봉 사시오!' 소리를 끊임없이 외치고 다니는지 자세히 살펴보고 와서 보고해라."

❧❧❧

73. **포도대장捕盜大將**　조선 시대의 경찰 기관인 포도청捕盜廳의 최고 책임자. 종2품 관직으로, 서울 및 서울 근교 지역을 좌우로 나누어 두 사람의 포도대장이 책임을 맡았다.

하인이 돌아와 아뢰었다.

"어떤 촌사람 하나가 남루한 옷차림에 맑은 콧물을 줄줄 흘리면서 먼지 낀 갓을 쓰고는 손에 수탉 한 마리를 들고 '봉 사시오, 봉 사시오!'라고 외치고 있습니다."

포도대장이 듣고 매우 노하여 버럭 외쳤다.

"내가 호령 한 번으로 귀신도 뒷걸음질 치게 만드는 포도대장이거늘, 어떤 괴상한 놈이 감히 와서 저러고 있단 말이냐? 포교[74] 한 사람을 어서 불러 저놈을 내 앞에 포박해 오게 하라!"

포도대장의 말에 즉각 응하여 나온 당하堂下의 열서너 사람이 인홍을 붙잡아 섬돌 앞에 꿇어앉히자 포도대장이 큰소리로 꾸짖었다.

"이 어리석은 백성아, 미친 백성아! 네가 이런 도깨비 같은 소리를 하려거든 아무도 없는 깊은 산 외진 골짜기로 가서 혼자 왔다 갔다 하면서 혼자 외치고 떠들면 그만이다. 그렇건만 푸른 하늘 환한 해 아래서 감히 이 포도대장 댁 문 앞을 향해 온종일 이런 소리를 하고 다녔으니, 네놈은 용서할 수 없는 죽을죄를 지었다!"

맹렬히 꾸짖는 소리가 마치 천둥벽력이 내리치는 듯했으나, 인

༺༒༒༒

74. **포교捕校** 포도청의 군관軍官. 포교 한 사람마다 포졸 64인을 거느리고 서울의 치안을 담당했다.

홍은 오히려 머리털 하나 까딱하지 않고 허허 웃으며 말했다.

"이상한 일입니다, 괴이한 일입니다! 저는 그저 봉황은 태평성대의 상서로운 징조이니, 대궐 문 앞에서 온종일 '봉황 사시오!'라고 외쳐도 죄가 없고, 영의정 대감이나 병조판서 대감 댁을 향해 온종일 '봉황 사시오!'라고 외쳐도 죄가 없을 거라 생각했을 뿐입니다. 그런데 지금 포도대장 댁 문 앞에서 이 소리를 엄금하는 걸 보니, 제가 만약 대궐이나 대감 댁에 먼저 갔더라면 단번에 저를 때려 죽였겠습니다."

인홍이 하늘을 우러러 껄껄 웃자 포도대장은 분노를 이기지 못하고 책상을 치며 큰소리로 말했다.

"어서 형틀에 올려 저놈을 쳐 죽여라! 닭을 봉황이라 하고도 제 죄를 인정하지 않으니, 이런 요물은 용서할 수 없다!"

인홍은 닭을 봉황이라고 했다는 말을 그제야 처음 듣고 깜짝 놀라 목 놓아 외쳤다.

"이게 닭이라굽쇼? 저는 봉황인 줄만 알았는데 이게 닭이라굽쇼? 저희 집에도 닭이 두 마리 있습니다만, 한 마리는 흰색이고, 한 마리는 검은색인데, 매일 해가 중천에 뜨면 한 목소리로 꼬끼오 울어댑니다. 이게 만약 닭이라면 왜 흰색도, 검은색도 아니라 완전히 누런색이란 말입니까? 온종일 가지고 다녀도 꼬끼오 우는 소리가 전혀 없는 건 무슨 까닭이란 말입니까? 이게 과연 닭이고 봉황이 아니라면 조동지趙同知 어른이 제게 맡긴 돈 600냥을 어찌 갚는단 말입니까?"

인홍이 혀를 차며 탄식하자 포도대장은 그 모습을 보고 또 살펴보더니 좌우에 곤장을 들고 있던 자들에게 물러가라 하고 인홍을 가까이 오게 한 뒤 말했다.

"이 우매한 백성아, 너는 이걸 어디서 샀느냐?"

인홍이 말했다.

"소인이 마침 광통교를 지나다가 이것을 봤는데 깃털에 광채가 찬란한 게 심상치 않기에 이것의 이름이 뭐냐 물었습니다. 그랬더니 장사꾼이 즉시 '이건 봉황이오'라고 말했습니다. 또 '값은 얼마요?'라고 물었더니 장사꾼은 또 즉시 '600냥이오'라고 하기에 그 말대로 값을 치렀습니다요."

포도대장이 하인을 급히 불러 닭장수를 잡아와 꿇어앉히게 한 뒤 꾸짖어 물었다.

"네가 비록 무뢰한 장사꾼이긴 하나 시골의 어리석은 백성을 속이고 공공연히 600냥을 빼앗았으니, 네놈의 도적 심보와 도적질을 그대로 둘 수 없다."

닭장수는 신문訊問에 변명하지 못하고 실토했다.

"소인은 속이려 한 것이 아니었는데 저 사람이 스스로 여차여차하기에 소인이 10냥 7전을 받고 팔긴 했습니다. 600냥은 결코 아닙니다."

포도대장이 인홍에게 다시 묻자 인홍은 "600냥입니다"라고 말했다. 포도대장은 두 사람을 찬찬히 보며 생각했다.

'간사한 장사꾼이 남을 속이는 말을 알지, 산골 백성이 어찌 남을 속이는 말을 알겠는가?'

포도대장이 닭장수에게 큰소리로 꾸짖어 말했다.

"무엄하구나, 간사한 녀석! 네가 비록 산골 어리석은 백성은 속여 넘겼으나, 어찌 감히 나를 속이려 하느냐?" 평자는 말한다. "어리석은 백성이 남을 속이는 게 두렵지 간사한 백성이 남을 속이는 건 두렵지 않다."

하인을 시켜 서둘러 닭장수를 포박해서 거꾸러뜨리게 하고 좌우에서 곤장 30대를 치게 했다. 닭장수는 한참 동안 원통하다며 울부짖다가 생각했다.

'내가 백 번 천 번 불복한다 한들 무슨 이로움이 있겠나? 그저 곤장 아래 귀신이 되고 말 거야. 〈사람 나고 돈 났지 돈 나고 사람 났나?〉라는 속담도 있잖은가. 600냥이 비록 아깝긴 하나, 어찌 내 목숨과 바꿀 수 있겠나.'

마침내 자복했다.

"소인이 과연 죽을죄를 지었습니다. 한때의 욕심으로 어리석은 백성을 속였습니다." 평자는 말한다. "누가 어리석은 백성이지?"

마침내 600냥을 가져와 인홍에게 넘겨주었다.

청천자는 말한다.

"인홍이 닭을 봉황이라 한 것은 유심[75]으로 물은 것이고, 닭장수가 닭을 봉황이라 한 것은 무심히 답한 것이다. 어리석은 닭장수! 무심코 응했다가 도리어 유심하게 남을 속인 꼴이 된 것이지, 어찌 애당초 인홍이 왔을 때부터 일찌감치 유심으로 낚으려 했겠는가? 아아! 한마디 말, 한 가지 행동도 어긋나서는 안 된다. 그러므로 '천하에 가장 두려운 존재는 유심한 사람이다'라는 말이 있다."

계항패사씨는 말한다.

"닭장수가 속임수에 걸려든 것은 남을 깔보았기 때문이다. 깔보지 않았다면 인홍이 아무리 간사하고 교활한 사람이라 할지라도 어디서 계책을 냈겠는가? 그러므로 '천하의 재앙 중에 남을 깔보는 것보다 큰 재앙은 없다'라는 말이 있다."

이 이야기가 전파되어 한 시절의 기이한 이야기로 남았다. 그 뒤로 도시 사람들은 김인홍을 '김서봉'金瑞鳳이라 불렀고, 시골 사람들은 짧게 '김봉'金鳳이라 불렀다.

꽃꽃꽃꽃

75. **유심**有心 이 평에서 '유심'은 무심이라는 말과 반대되는 뜻이니, 의도나 동기가 있는 마음을 이른다.

작년에 인홍에게 집을 빌려주었던 이삼장은 김봉이 이와 같이 남을 속여 재산을 빼앗았다는 말을 듣고 다른 사람과 대화 중에 김봉의 일이 언급되면 그때마다 한숨을 쉬며 말했다.

"천하 사람들 모두가 어리석어 이 애자식에게 속아 넘어간 거지 이 애자식이 남을 잘 속일 줄 아는 건 아니야!"

하루는 김봉의 집에 들러 자리에 앉기도 전에 당장 사나운 소리로 크게 꾸짖어 말했다.

"조카! 자네의 하찮은 재주로 사람을 속여 재산을 빼앗으며 하지 못하는 일이 없으니 참으로 한심하고 애석한 일이야! 세상 사람들이 모두 굳은 심지가 없어서 가슴속은 온통 어두컴컴한 천지요 눈에는 온통 허공에 뜬 부질없는 재물뿐인지라 자네의 간사한 꾀에 빠져 걷잡을 수 없이 떨어지면서도 깨닫지 못하니, 이건 모두 그들이 자초한 일이라 괴이하게 여길 것도 없지. 자네는 앞으로 마음을 정직하게 먹고, 사악한 길로 가지 말게. 하늘이 위에 있으니 사람들을 속여선 안 돼."

그러고는 또 자기 칭찬을 늘어놓았다.

"나는 소싯적부터 부지런히 애써 일했고 백발이 성성한 지금도 감히 내 분수 밖의 재물을 바라지 않으며 근검절약해서 아침저녁 밥상에는 산나물과 채소 한두 접시를 올릴 뿐이요 가을겨울의 옷은 거친 베옷 몇 벌뿐이야. 오륙십 년을 하루같이 이렇게 살아 왔다구."

인홍은 그 말을 듣고 냉소하며 대꾸하지 않고는 속으로 비웃었다.

'어리석은 노인네가 과연 좋고도 좋은 말씀만 하시는군. 내가 장차 주머니 속 작은 꾀를 부려서 당신 마음속이 과연 얼마나 맑디맑고 희디희어 먼지 한 점 없는지, 그래서 어두컴컴한 천지에 사는 세상 사람들과 얼마나 다른지 한번 살펴볼까?'

이튿날 새벽에 일어나 망건도 쓰지 않고 궤짝 속에 든 엽전 300꿰미를 허리에 차고 성문을 나서 대동강을 향해 갔다. 수많은 물장수들이 모여 너도 한 통, 나도 한 통, 물통을 지고 오갔다. 김봉은 지팡이를 짚고 모래사장으로 가서 그들을 손짓해 불렀다. 물장수들이 일제히 머리 숙여 절하며 말했다.

"생원님께서 무슨 일로 저희를 부르세요?"

김봉이 물었다.

"자네들이 모두 몇 명이나 되지?"

물장수들이 대답했다.

"못해도 수백 명은 됩니다."

김봉이 말했다.

"내가 한 가지 부탁할 말이 있는데, 자네들이 따라 주면 내가 후하게 사례하겠네."

원래 김봉은 간교한 꾀가 그토록 백출했으나 저들 하층민에게는 지극히 은근하고 다정하게 대하며 항상 돈을 주고 곡식을 주었다. 그랬기에 김봉이 말 한마디를 하면 저들은 일백 번 응낙하며 자기 집 상전을 보듯이 했다. 물장수들은 일제히 대답했다.

"생원님 명령대로 따르겠습니다."

김봉은 허리에 차고 있던 엽전을 꺼내 한 냥, 한 냥씩 물장수들에게 나누어 주며 부탁했다.

"아침 해가 높이 뜨거든 자네들은 내게 와서 엽전을 바치게. 오늘 저녁 아무 곳에 은밀히 모여 있으면 내가 또 나눠 줄 테니, 내일도 똑같이 와서 바치게. 나흘이나 닷새쯤 이렇게 해 주면 한량없이 좋은 일이 있을 거야."

물장수들은 한 목소리로 "예!"라고 대답했다.

김봉이 집으로 뛰어 돌아와 보니 이삼장은 아직도 달콤한 잠에 빠져 있었다. 김봉은 전처럼 침상에 올라 잠이 들었다.

잠시 후 두 사람이 일어나 세수하고 머리를 빗은 뒤 아침밥을 먹자마자 물장수 한 사람이 중문[76] 밖에서 들어오더니 동전 한 냥을 휙 던지고 갔다. 이삼장이 처음에는 대수롭지 않게 보다가 곧이어 두세 사람씩, 네다섯 사람씩 와서 동전 한 냥씩을 던지고 가자 그제야 괴이하다 싶어 김봉에게 물었다.

"자네는 무슨 까닭으로 저 물장수들에게 이리 많은 돈을 빌려 주었나?"

김봉이 웃으며 대답했다.

꽃꽃꽃꽃

76. 중문重門 대문 안에 또 세운 문.

88

"제가 무슨 돈이 있어서 남에게 빌려주겠습니까? 또 돈이 있다 한들 하필 물장수들한테만 돈을 빌려주겠습니까?"

이삼장이 말했다.

"그럼 이게 무슨 돈이야?"

김봉은 미소만 지을 뿐 말하지 않았다.

이윽고 오는 자들이 끊임없이 이어져 사람마다 한 냥씩 돈을 던지고 가는 것이었다. 이삼장이 묵묵히 팔짱을 끼고 앉아 가만히 손가락을 꼽아 헤아려 보니 대략 수백 명은 되었다. 사흘 동안 보아도 날마다 똑같았다. 이삼장은 더욱 이상하게 여겨 그날 저녁 한가하게 이야기를 나누다가 김봉에게 물었다.

"대동강에 물 긷는 세금이 있나?"

"그렇습니다. 어르신께서 어찌 아셨어요?"

"조카 집에 아침마다 물장수들이 앞 다투어 와서 돈을 던지는 게 그 세금이 아닌가?"

김봉은 한참 동안 묵묵히 있다가 말했다.

"그렇습니다만 어르신께서 그걸 왜 물으십니까? 저희 온 가족의 목숨줄이 이 하나에 달려 있지요."

이삼장이 깜짝 놀라 말했다.

"조카가 이런 화수분[77]이요 주전소[78]를 가졌다니 정말 부럽군,

꽃꽃꽃꽃
77. 화수분 재물이 계속 나오는 보물단지.

부러워!"

또 물었다.

"조카는 지금 혹시 이걸 팔 생각이 없나?"

김봉이 말했다.

"제가 여기 오래 살 거라면 팔 생각이 없지만 지금 저는 이사할 생각이라서 사려는 사람이 있으면 당장 팔려고 합니다. 다만 값이 너무 비싸서 감히 뜻을 둔 사람이 없네요."

"값이 얼만가?"

"처음에 살 때 10만 냥을 주었습니다."

이삼장이 혀를 내두르며 말했다.

"10만 냥은 너무 많네. 3만 냥이면 필시 사려는 사람이 있을 텐데." 사려는 사람은 다른 사람이 아니지.

"어르신, 무슨 이상한 말씀을 하십니까? 지금 이 물 긷는 세금이 하루에 못해도 300냥은 되니, 열흘이면 3천 냥, 한 달이면 9천 냥, 1년이면 도합 10만 8천 냥입니다. 10만 냥도 너무 헐값에 얻는 건데, 허공에 그냥 던져 버리면 던져 버렸지 어찌 3만 냥으로 값을 낮출 수 있겠습니까?"

이삼장이 또 물었다.

"조카는 어디로 이사할 생각인가?"

꽃꽃꽃

78. **주전소鑄錢所** 조선 시대에 동전을 주조하던 곳.

김봉이 긴 한숨을 쉬며 말했다.

"제 평생의 한은 하루에 천금을 쓰고 이틀에 만금을 써도 제 호탕한 마음을 다하지 못한다는 겁니다. 평양이 비록 번화한 땅이기는 하나 제 마음에는 여전히 너무 좁디좁아 이 크나큰 재주를 펼칠 곳이 없는 게 한스럽습니다. 저는 장차 서울로 이사해서 이 세 치 혀로 지금 세상의 자칭 명사와 재상과 영웅호걸을 손바닥 위에서 가지고 놀고, 산을 오르내리며 돈을 물 쓰듯이 쓰고, 기생집 화려한 방에서 날마다 취하렵니다. 절세 명기名妓들을 늘 좌우에 끼고 있으면 눈처럼 하얀 피부의 기녀가 붉은 입술을 열어 꾀꼬리처럼 맑은 소리로 말하겠지요. 그러다 해질녘에 권주가勸酒歌를 부르면서 술잔을 바치고 살짝 취기가 돌아 두 볼이 발그레해질 때 침실에 등불을 끄고 다정히 손을 잡으면 그 연약한 몸은 뼈가 없나 싶을 테고 보드라운 살에선 향기가 나는 듯할 테니 어찌 즐겁지 않겠습니까. 또 저는 평양의 부자들을 다 속였고 아직 속이지 못한 자가 누군지 삼장은 알까? 평양의 경치도 다 누려서 이미 신물이 납니다. 장차 평양을 떠나 서울로 가서 제 수단을 다해 온갖 즐거움을 다 맛보기로 결심했습니다."

이삼장이 그 말을 듣고 크게 칭찬하며 앞서는 왜 인홍을 꾸짖고 지금은 왜 인홍을 칭찬하는지? 천하에 마음 곧은 사람 하나 없다. 말했다.

"조카 생각이 과연 좋구! 조카가 일단 서울에 가면 서울에 있는 재상들이 아무리 뛰어난 재주와 계교를 가졌다 한들 어찌 조카에게 미칠 수 있겠나? 먼 시골 사람이라 멸시한다 해도 조카가 한번 기량을 발휘하면 대갓집 금은이며 돈과 비단이 모두 조카 수중에 놀아날 테니, 어찌 통쾌하지 않겠나! 조카는 어서 그 일을 도모하도록 하고, 대동강 물 긷는 세금일랑 다른 사람에게 팔지 말게."

"어르신이 사려고 하신다면 다른 사람에게 팔지 않겠습니다. 하지만 시일을 끌다가 때를 놓치면 황하黃河가 맑아지기를 기다리는 것과 같으니 딱한 일 아니겠습니까?"

"조카, 한번 물어 보세. 내가 70년을 사는 동안 터럭 하나만큼이라도 신용을 잃은 일이 있던가?"

"어르신이 믿을 만한 분이라는 거야 제가 잘 알지요. 하지만 매사에 허술하게 할 수 없어서 이렇게 말씀드리는 겁니다. 그렇긴 하나 어르신께서 사신다면야 여러 말 할 것도 없으니, 어르신께서 우선 적당한 값을 말씀해 보십시오."

"3만 냥이면 합당할 듯하네만."

그러자 김봉은 발끈 성이 나서 책상을 치며 큰소리로 말했다.

"어르신은 자기 욕심만 생각하시는군요! 3만 냥에 팔았으면 앞마을 거지가 과부집에서 월숫돈[79]을 빌려다 벌써 샀겠습니다.

❧❧❧❧

79. **월숫돈** 원금과 이자를 다달이 나누어서 갚아 나가기로 하고 빚을 얻어 쓰는 돈.

애당초 어르신에게 말을 꺼낸 것이 도리가 아니었습니다."

김봉이 노기등등 앉아 있자 이삼장은 감히 다시 묻지 못하고 묵묵히 마주 앉아 있었다.

이튿날 이삼장이 또 입을 열었다.

"어젯밤에 내가 경솔하게 말했는데, 그건 실언일세. 조카가 적당한 값을 말해 보게."

"10만 냥에서 한 푼도 못 빼겠습니다."

이삼장은 거듭 간절히 말했다.

"합당한 값으로 따지자면 10만 냥도 헐값이겠지만 조카는 다시 생각해 주게. 7만 냥으로 하면 어떻겠나?"

김봉은 고개를 가로저으며 받아들이지 않다가 이삼장이 결사적으로 간절히 매달리자 마지못해 하는 모양으로 허락하고, 그날로 문서를 만들고 값을 치르게 했다. 김봉이 이삼장에게 말했다.

"어르신, 내일 아침 일찍 이 문서를 가지고 곧장 대동강으로 가서 만나는 물장수마다 일일이 설명해 주십시오. 그러면 내일부터 수백 냥 돈이 날마다 어르신 댁으로 들어올 테니, 이 어찌 어르신의 자자손손들이 편안히 앉아 먹고 입는 보물창고가 아니겠습니까? 어르신의 무궁한 홍복洪福을 축하드립니다."

어리석기도 하지! 이삼장은 두 손을 맞잡고 공손히 감사를 표했다.

이튿날 이른 아침에 대동강으로 달려가니, 물장수 수백 명이 벌써 물가에 삼삼오오 모여 앉아 있었다. 이삼장은 지팡이를 짚고 앞으로 다가가서 말했다.

"자네들 모두 별고 없나? 오늘부터 자네들 주인이 바뀌어 내가 주인이 되었으니, 잘들 알고 있게."

물장수들이 서로 얼굴을 돌아보며 묵묵히 있는데, 이윽고 한 사람이 급히 일어나 인사하고 말했다.

"생원님, 안녕하십니까? 생원님의 성씨도 택호宅號도 모르는데, 우리 주인이 되시겠다니 감히 여쭙겠습니다. 생원님 댁 재산이 얼마나 되기에 우리 수백 명을 먹이고 입히시겠다는 건지요?"

이삼장이 그 사람을 자세히 살펴보니 키는 8척에 코는 매부리같고 얼굴은 찐 대추처럼 붉고 눈초리는 위로 쭉 찢어졌으며 말투가 불량했다. 이삼장은 벌써 마음 가득 불쾌했지만 억지로 대꾸했다.

"나는 세금을 거두는 주인이지 자네들을 먹여 주고 입혀 주는 주인은 아니야."

그 사람은 혼잣말로 중얼거렸다.

"세금을 거둔다? 세금을 거둔다?"

그리고는 또 물었다.

"우리는 모두 밭도 없고 논도 없고 집도 없고 방도 없이 아침마다 물 한 통 긷는 것으로 생계를 꾸리는데, 생원님께선 이런 사람들에게 무슨 세금을 거두신다는 겁니까?"

"어제 나와 김서방님이 물 긷는 세금에 대한 권리를 매매하는 계약을 했는데, 자네들은 아직 못 들었나?"

그 사람은 거듭 중얼거렸다.

"물 긷는 세금이라? 물 긷는 세금이라?"

그러고는 또 물었다.

"생원님은 그 계약서를 가져오셨습니까?"

"가져왔지."

그 사람이 잠깐 보여 달라고 하자 이삼장이 소매 안에서 문서를 꺼내 그 사람에게 주었다. 그 사람이 받아 읽더니 무리를 향해 돌아서서 "이 문서의 계약 내용은"이라는 첫 구절부터 "아무 해 몇 월 며칠"이라는 마지막 구절이며 김인홍과 이삼장이 서명한 곳에 이르기까지 한 차례 읽고 풀이를 해 주자 물장수들 중에 박장대소하지 않는 이가 없었다.

그 사람이 다시 이삼장을 향해 말했다.

"생원 어른! 당신은 어디 있는 석굴에서 나오셨습니까? 우리 조선 땅이 생겨났을 때부터 이 대동강이 있었습니다만, 대동강이 있고부터 물 긷는 세금이 있다는 말은 들어 본 적이 없어요. 사발을 가지고 온 자는 사발로 물을 떠서 마시고, 표주박을 들고 온 자는 표주박으로 물을 떠서 마시며, 동쪽에 사는 사람은 동쪽에서 와서 물을 긷고, 서쪽에 사는 사람은 서쪽에서 와서 물을 긷지요. 만고의 오랜 세월 동안 흐르는 큰 강이라 아무리 써도 마르지 않고, 누가 물을 가져간들 금하는 법이 없거늘, 지금 이 한 장 세금 문서를 누가 당신더러 가져오라 하던가요? 백발이 성성한 걸 보니 떡국을 수십 년은 실컷 드셨을 텐데 이런 전무후무한 일을 하다니, 앞마을 개들이 다 짖을 일이예요. 이런 바보 같은 걸 남겨 둬서 어디에 쓴답니까?"

그러고는 당장 그 문서를 찢더니 주먹을 쥐고 고함을 치며 을러대는 것이었다. 이삼장은 얼굴이 흙빛이 되어 분을 참고 김봉의 집으로 뛰어 돌아왔다. 김봉은 이삼장이 돌아오는 것을 보고 껄껄 웃으며 나와 맞이했다. 이삼장은 여전히 몽롱한 상태에 빠져 사태를 깨닫지 못한 채 김봉에게 말했다.

"조카는 무슨 신기한 수단이 있기에 이런 흉악한 놈들이 매일 아침 제 발로 찾아와 세금을 바치게 했나? 나는 지금 그 놈들에게 맞아 죽을 뻔했어."

숨을 헐떡이며 지팡이를 짚고 서 있는 모습에 김봉은 손뼉을 치며 말했다.

"어르신이 이런 낭패를 당하실 줄 알았습니다. 이놈들은 모두 모리배에 난봉꾼이라서 남의 돈 수천 냥을 꿀꺽해도 눈 한 번 꿈쩍하지 않지요. 어르신이 하루에 백 번 천 번 가 봐야 뺨이나 맞지 돈은 그림자도 못 보실 겁니다. 애석하군요, 어르신의 7만 냥 돈을 부질없이 제 수중에 보내셨으니!"

이삼장은 그 말을 듣고 그제야 의아한 마음이 가득 들어 이를 갈며 말했다.

"이 몸이 만 갈래로 찢어진들 그 돈을 어찌 남이 편히 앉아 먹게 놔두겠나?"

김봉이 손뼉을 치며 말했다.

"어르신은 너무 괴로워하지 마세요. 어르신의 몸이 백억 갈래로 찢긴들 끝끝내 돈 한 푼도 보지 못할 테니, 어르신은 너무 괴로워하지 마세요. 어리석군요, 어르신! 대동강에 물 긷는 세금이 있으면 세상 꼬마들 손에 쥐어 줄 떡이 없을 겁니다."

이삼장은 분이 올라 길길이 날뛰더니 이를 갈며 소리쳤다.

"네가 감히 이렇게 나를 속이느냐? 간사한 놈, 악독한 놈! 너는 예전에 내가 집을 빌려준 은공을 잊었느냐? 네놈 뱃속이 얼마나 편안할지 내가 지켜보겠다!"

김봉은 빙그레 미소 지으며 말했다.

"어르신, 너무 화내지 마세요. 노년에 이 때문에 병이 생겨 아드님과 며느님에게 근심거리가 될까 걱정입니다.

어르신이 접때 자기 자랑을 하며 남을 속인 적도 없고 남에게 속은 적도 없다고 하셨잖습니까. 그래서 제가 잠시 어르신의 마음과 재주를 시험해 보려고 하다가 어르신의 돈을 축내고 감히 어르신의 노기를 건드렸으니, 죽을죄를 지었습니다, 죽을죄를 지었습니다! 어르신께서 바다처럼 넓고 하늘처럼 높은 마음으로 용서해 주시기를 감히 바랍니다."

이삼장은 분을 참지 못하고 한 입에 김봉을 삼켜 버리고 싶다가 김봉의 이 말을 듣고 가만히 생각해 보니, 과연 오늘 자신이 본 김봉이 예전에 소문으로 듣던 그 김봉인 것이었다. 수전노 이삼장이 머리가 두 쪽이 난들 진주처럼 옥처럼 아끼고 또 아끼던 7만 냥 돈을 남에게 줄 수 있겠는가? 하지만 양산박 108인은 지다성智多星 오학구吳學究의 수단으로 채태사蔡太師의 생일 선물을 빼앗아 순식간에 보물을 다 차지하던 순간에도 태연히 앉아 말 한마디 서두르지 않았으니,[80] 제가 온종일 아무리 부르짖고 소리쳐 본들 무슨 이로움이 있겠는가?

그리하여 욕설을 퍼부으며 말했다.

"1천 명의 사내가 손가락질하면 병에 걸리지 않고도 죽는다. 네놈은 이처럼 남의 재물을 빼앗았으니 자리에 편히 누워 죽지 못할 게다!"

마침내 지팡이를 들고 문을 나서 하늘을 우러러 길게 탄식하며 말했다.

"내가 결국 김인홍에게 속았구나!"

❧❧❧❧

80. 양산박梁山泊 108인은~서두르지 않았으니　『수호전』水滸傳 제16회에서 훗날 양산박 108호걸의 두령이 되는 조개晁蓋 등 여덟 사람이 오용吳用의 계략을 써서 북경 대명부大明府의 지부知府인 양중서梁中書가 장인 채태사(채경蔡京)의 생일 선물로 보내는 10만 관의 금은보화를 탈취한, 이른바 '지취생신강'智取生辰綱(꾀로 생일 선물을 탈취하다) 이야기를 말한다. '지다성 오학구'가 바로 양산박의 모사謀士인 오용으로, '지다성'은 꾀가 별처럼 많다고 해서 붙은 별명이고, '학구'는 그 자字이다.

고을 사람들 중에 말하기 좋아하는 사람들은 이 일을 두고 이렇게 말했다.

"김봉의 난봉질에 삼장三丈(이삼장)은 천장千丈(천 길)이나 펄쩍 뛰었네. 천장을 뛴들 어쩌리? 7만 냥은 9만 리 하늘로 날아가 버린 걸."

김봉은 수천 냥으로 한 상 크게 차려 물장수들을 다 모아 놓고 부어라 마셔라 종일토록 취해 즐기고는 또 수천 냥 돈을 풀어 일일이 고르게 나눠 주었다.

김봉의 아내 진씨가 우연히 병에 걸려 아프다고 비명을 지르며 먹지도 마시지도 못했다. 한 달을 앓도록 일어날 기색이라곤 없어 이부자리를 걷을 때가 없고 앉을 때나 누울 때나 곁에서 부축을 해 주어야만 했다. 의원을 부르고 처방을 물으며 해 보지 않은 일이 없었으나 도무지 조금도 효험이 없고 병이 더해져 고통만 늘어갔다.

김봉은 이리저리 궁리하다 이렇게 생각했다.

'이군응의 신령스런 의술이 아니면 이 사람은 못 일어난다. 하지만 지난 일을 생각해 보건대 설령 이군응이 속없는 사람이라 한들 그 일을 잊었을 리 없거니와, 더구나 이군응은 본래 먼지 낀 갓을 쓰고 가래침을 칵칵 뱉는[81] 산중의 골생원[82]이니 그 좁디좁

81 먼지 낀~칵칵 뱉는 김삿갓의 시 「산촌의 훈장을 비웃나」(嘲山村學長) 중 한 구절에서 따온 말.

은 마음이 늙을수록 심해졌을 거야. 그러니 지금 김봉의 아내가 병들었노라 백 번 절하며 애걸해 봤자 내게 약 한 첩 지어 줄 리 없고, 혹시 지어 준다 한들 제대로 된 약인지 어디 믿을 수 있겠나. 장차 이군응을 꾀어 이리로 데려온 뒤 좋은 계책을 써서 진맥을 하고 약을 짓게 해야 거절하지도 못하고 속이지도 못할 테지.'

그리하여 종 하나, 말 한 마리를 거느리고 말을 타고 가기도 하고 걸어가기도 하며 급히 청천강 가의 이군응 집으로 달려갔다. 때는 6월이라 찌는 듯한 무더위 속에 갑자기 길을 떠나 잠시 쉴 틈도 없이 달려가니 사람은 숨을 헐떡이고 말은 고달파 모두 땀을 비 오듯 흘렸다.

김봉이 이군응의 집 마루에 올라 안부 인사를 하자 군응은 고개만 끄덕일 따름이었다. 김봉은 더 말하지 않고 그대로 일어나더니 이만 가 보겠다고 했다. 그러자 자리에 앉아 있던 손님들이 무슨 의도인지 알 수 없어 눈을 휘둥그레 뜨고 놀랐다. 군응은 진나라 때 혜강嵇康이 종회鍾會를 깔보아 했던 말로 급히 물었다.

"무슨 말을 듣고 왔다가 무엇을 보고 가나?"[83]

❀❀❀❀
82. **골생원** 옹졸하고 고루한 사람을 속되게 이르는 말.
83. **진晉나라 때~보고 가나** 다음의 고사가 『세설신어』世說新語 「간오」簡傲에 전한다. 위진魏晉 시대의 명장名將이자 서예가인 종회가 죽림칠현의 한 사람으로 명성이 높던 혜강을 방문했으나 혜강은 한마디 말도 없이 방약무인의 태도로 일관했다. 화가 난 종회가 그냥 돌아가려 하자 혜강은 "무슨 말을 듣고 왔다가 무엇을 보고 가나?"라고 물었고, 이에 종회는 "소문을 듣고 왔다가 보이는 대로 보고 가오"라고 대답했다.

김봉이 대답했다.

"제가 온 건 주인 어른과의 옛 정 때문에 잠시 들른 것이고, 제가 가는 건 한 가지 기기묘묘한 일이 있어서 잠시도 지체할 수 없기에 이처럼 급히 떠나는 겁니다."

군웅이 또 물었다.

"무슨 기기묘묘한 일이 있나?"

"제가 지금 아무 곳에 나와 노닐고 있었는데, 오늘 아침 갑자기 집에서 온 편지를 받았습니다. 편지에 별다른 말은 없고 다만 한 가지 괴상한 변고를 적었는데 놀랍고도 놀라워서 참으로 옛날이나 지금이나 듣도 보도 못한 일입니다."

"그렇게 감추지 말고 어떤 변고인지 분명히 말해 보게."

김봉은 더 대답하지 않고 소매 안에서 편지 한 통을 내놓으며 앉아 있던 손님들과 함께 보라고 했다. 편지는 다음과 같다.

무더운 날씨에 객지에서 기체후[84] 안녕하옵신지요?

집에는 별고 없으나 새로 산 암말이 네댓새 전에 망아지를 낳았는데, 태어난 지 몇 십 분도 안 된 놈이 사나운 호랑이처럼 으르렁대며 두어 길 높이를 펄쩍 뛰어올라서 하인 만

꽃꽃꽃꽃
84. 기체후氣體候 옛날 웃어른께 올리는 편지에서 문안 때 웃어른을 높여 그 심신의 건강을 이르는 말.

춘萬春이도 감히 가까이 가지 못했습니다. 동네 사람들도 와서 보고는 혀를 내두르지 않는 이가 없습니다. 하룻밤 자고 난 뒤에는 지붕을 넘고 담장을 뛰어넘어 온 마을에 분탕질을 하고 다니니, 이 괴상한 변고를 어찌하면 좋겠습니까? 이 때문에 대략 몇 자 써서 인사를 갖추지 못하고 올립니다.

몇 년 몇 월 몇 일
아들 갑룡甲龍 올림

김봉이 군웅에게 말했다.

"갑룡은 제 장남으로 지금 열세 살입니다. 글씨 쓰는 걸 따로 배운 적은 없습니다만 필력이 그런 대로 굳센 듯해서 제가 옥처럼 아끼지요. 어르신 보시기엔 어떻습니까?"

군웅은 이런 한가로운 말에 대답할 겨를이 없어 그저 "그렇군, 그래"라고만 말하고 급히 물었다.

"자네는 그 망아지를 어떻게 길들여 기를 건가?"

김봉은 고개를 저으며 말했다.

"그런 사나운 놈을 무슨 수로 길들입니까? 설사 길들이는 법이 있다 해도 저는 결코 이놈을 기를 생각이 없습니다. 혹시 어르신은 반평생 동안 이런 망아지를 보신 적이 있습니까?"

"못 봤지."

김봉은 한숨을 쉬며 말했다.

"이건 요괴가 틀림없어요. 가면 당장 때려죽여야겠습니다."

"때려죽일 것까지야 있겠나. 그놈을 팔면 어떻겠어?"

"제가 아무 미련 없이 때려죽이려는 놈을 누가 와서 돈을 주고 산답니까?"

"자네가 팔려고만 하면 내가 사고 싶네."

"이런 요물인지 괴물인지 모를 놈을 어르신이 사려 하시다니 어르신이 어디에 쓰시려는지 모르겠습니다만, 저는 금도 필요 없고 은도 필요 없으니 그저 어르신이 끌고만 가십시오."

김봉의 입으로는 요물이요 괴물이라 했지만 군웅의 마음속에는 그 망아지가 천마天馬요 용마龍馬였던 것이다. 군웅은 인홍더러 꼭 팔라고 하면서 인홍이 말을 바꿔 팔지 않을까 싶어 다시 값을 말해 보라고 했다. 그러자 김봉이 말했다.

"제가 좀 전에 이 망아지를 때려죽이겠다고 해 놓고 지금 동전 한 푼이라도 달라고 한다면 한 입으로 두 말 하는 게 아니겠습니까. 어르신 말씀대로 따르겠습니다."

"주인이 말을 안 하고 살 사람에게 먼저 말하라고 하니 몹시 미안하네만, 자네가 이리 고집을 부리니 내가 먼저 말해 보겠네. 엽전 스무 꿰미면 괜찮겠나?"

"저는 엽전 서너 꿰미면 괜찮겠다 싶었는데, 어르신은 스무 꿰미나 주시겠다고요? 어르신이 사실 거면 저를 따라 가시지요."

김봉이 당장 일어나자 군웅도 즉시 의관을 갖추고 뒤따라 나섰다.

김봉의 집에 도착했다. 김봉이 사랑채로 가지 않고 곧장 안채로 들어가자 군웅이 머뭇거리며 말했다.

"여기는 안채가 아닌가?"

김봉이 말했다.

"어르신, 꺼리실 것 없어요. 용마가 여기 있습니다."

군웅이 따라가서 곧장 방 안으로 들어가니 한 부인이 이불을 뒤집어쓰고 누워 있는 모습이 보일 뿐이었다. 머리는 봉두난발에 얼굴은 여위어 시커먼 빛이었고, 코에는 콧물이 나지 않고 얼굴에는 땀이 흐르지 않았으며, 헛소리를 끊임없이 해대고 있어 병세가 몹시 위중했다. 김봉은 그 부인을 가리키며 말했다.

"어르신! 이 아낙은 제 조강지처입니다. 제가 열여섯 살에 이 아낙과 결혼해서 지금까지 수십 년 동안 한 쌍의 비둘기나 원앙새처럼 정이 매우 돈독했고 금슬처럼 사이가 좋아서 월하노인[85]이 실을 묶고 또 묶은 듯싶었습니다. 한 집에서 살다가 죽어서는 같은 무덤에 묻히자며 백년해로하기로 한 약속이 무쇠처럼 바위처럼 변치 않았으나 그동안 겪은 허다한 고생은 이루 다 말할 수 없을 정도로 참혹했습니다. 그럼에도 우리 부부의 머리가 파뿌리

꽃꽃꽃꽃

85. 월하노인月下老人 주머니 속에 붉은 실을 가지고 다니다가 두 가닥을 묶어 각각의 실에 해당하는 남녀에게 부부의 인연을 맺어 준다는 신神.

처럼 하얗게 세도록 손을 꼭 잡고 떨어지지 않기만을 바라며 살아 왔습니다. 그랬건만 지금 문득 병을 얻어 안색은 저렇게 파리하고 수족은 저렇게 검으며 눈자위는 저렇게 푹 꺼지고 온몸이 저렇게 바짝 마르게 됐습니다. 염라대왕 계신 저승에 콩 팔러 가는 길[86]이 멀지 않은 듯한데, 백방으로 생각해 봐도 살릴 방도가 없습니다. 제 생각에는 어르신의 의술은 귀신도 물러가게 하고 죽은 사람도 되살리니, 이번에 만약 제 아내를 살려 주시면 훗날 지하에서 결초보은하겠습니다."

군응은 그제야 계략에 빠졌음을 알고 분노하여 당장 일어나며 말했다.

"나는 용마를 보러 왔지 환자를 보러 온 게 아니야!"

김봉은 피식 웃으며 말했다.

"어르신, 잘못 생각하시는군요! 어르신은 의사지 말장수가 아닙니다. 태어나지도 않은 망아지는 보겠다고 하면서 죽어 가는 환자는 보지 않겠다구요? 제가 예전에 죽을죄를 지었습니다만 그건 돈 문제입니다. 돈과 사람 목숨 중에 어느 게 더 중합니까? 제 마누라가 회생하는 것도 어르신께 달렸고 죽는 것도 어르신께 달렸으니, 어르신이 오늘 살리고 죽이는 권한을 가지셨습니다. 어르신께서 사람을 살리시면 저희 집안이 자자손손 만세토록 영

86. 콩 팔러 가는 길 죽음으로 가는 길. 죽음을 '콩 팔러 갔다'고 표현한 데서 온 말.

원히 은혜를 잊지 않을 겁니다. 하지만 어르신이 사람을 죽이신 다면 제가 비록 나이 들었지만 소싯적 미친 기질이 아직 남아 있으니, 한번 잘 생각해 보십시오."

군응은 묵묵히 대답하지 않고 속으로 생각했다.

'이번에 또 이 녀석에게 속았구나. 떠나자니 필시 인홍의 노련한 주먹세례를 받을 것이요, 안 떠나자니 가슴속 가득한 분함을 어찌 참겠나? 그렇긴 하지만 일이 이 지경에 이르렀으니 어쩌면 좋을꼬?'

마침내 군응이 김봉에게 말했다.

"내가 전후로 네게 이처럼 농락당했으니 어찌 분하지 않겠느냐? 하지만 지금 여기 와서 눈앞에 죽어 가는 환자를 이미 봤으니 내 작은 재주를 시험해 보지 않을 수 없구나. 다만 네가 사람을 속인 짓은 너무도 심하구나!"

김봉은 머리를 조아리고 연신 "죽을죄를 지었습니다"라고 말했다.

군응이 분을 참고 수십 일 동안 치료하자 진씨의 병세가 차츰 나아졌다. 김봉은 매우 기뻐하며 군응에게 감사 인사를 하고 군응이 떠날 때 자기가 타던 애마 한 마리를 주며 말했다.

"어르신, 용마 대신 이 말을 쓰시지요."

군응은 문을 나서 한 줄기 한숨을 쉬며 말했다.

"김봉이 비록 나를 이리 속이긴 했지만 그 높은 재주와 능란한 수단은 도저히 미칠 수 없구나!"

청천자는 말한다.

"기이하구나, 인홍! 지난날에는 닭을 봉이라고 해서 김인홍이라는 이름이 김봉으로 바뀌더니, 오늘은 용마 때문에 김봉이라는 이름을 김용金龍으로 바꿀 만하다. 이름이 '홍'鴻이었다가 '봉'鳳이 되고 또 '용'龍이라 할 만하니, 셋을 합해서 김삼충金三蟲이라 해도 좋겠다.[87]

또 말한다.

"'열 길 물속은 알아도 한 길 사람 속은 모른다'는 속담이 있지만, 한 치도 못 되어 참으로 엿보기 쉬운 것이 사람 마음이다. 군웅이 인홍에게 두 번째 속았을 때 만일 인홍이 돈 한 푼, 지푸라기 하나도 주지 않았다면 군웅은 문을 나서면서 필시 이를 갈고 떠났을 것이다. 그러나 애마 한 필로 군웅은 예전의 원한을 싹 풀어 버리고 인홍의 높은 재주와 능란한 수단에 감탄했다. 그러니 사람의 마음을 어찌 엿보기 어렵다고 하겠는가?"

꾸꾸꾸꾸

87. 이름이 '홍'鴻이었다가~해도 좋겠다 인홍의 이름 홍鴻(기러기), 별명인 봉鳳, 또 다른 별명이 될 만한 용龍이 모두 동물의 일종이므로, 그 셋을 합해 '삼충'三蟲(세 가지 동물)이라는 별명을 붙일 수 있다는 말.

김봉은 비록 시골의 평범한 사내였으나 수단과 재주가 이처럼 대단해서 온 고을을 호시탐탐했는데, 설혹 그 간교한 속임수를 꾸짖는 사람이 있다 해도 인홍의 빼어난 지략만큼은 탄복하지 않는 이가 없었다.

당시에 지위가 높고 명성이 높은 북저 김류[88] 공公에게 사랑하는 외아들이 있었으니 이름은 김경징[89]이었다. 나이가 아직 서른도 안 되었으나 벌써 재상의 반열에 올라 스스로 세상에 적수가 없는 신기한 재주를 가져 천하에 어려운 일이 없다고 여겼다. 그러던 차에 누군가가 김봉의 행적을 전하자 분연히 말했다.

"이런 간사하고 어지러운 백성은 그대로 둘 수 없다!"

조정에서는 김경징이 수령으로서 훌륭한 자질을 지녔다고 여겨 평양 서윤[90]에 임명했다. 부임한 지 며칠 만에 육방[91] 관속을 불러 고을의 폐단을 묻자 관속들은 어수선을 떨며 저마다 소리 높여 폐단 한 가지씩을 아뢰었다. 서윤은 일일이 다 듣고 나서 꾸짖었다.

꾸꾸꾸꾸

88. **북저北渚 김류金瑬**　생몰년 1571~1648년. 인조반정仁祖反正의 공신으로 병조판서·이조판
서·영의정을 지냈다. '북저'는 그 호이다.
89. **김경징金慶徵**　생몰년 1589~1637년. 인조반정의 공신으로 도승지, 한성부 판윤判尹을 지
냈다. 병자호란 당시 강도江都 검찰사檢察使에 임명되어 강화도 수비의 중책을 맡았으나 무
사안일로 일관하다 강화도 수비에 실패하여 사형 당했다.
90. **서윤庶尹**　조선 시대 한성부와 평양부에 두었던 종4품 관직. 최고 책임자인 판윤을 보좌하
여 관리들의 인사 고과를 담당했다.
91. **육방六房**　지방 관청에 두었던 이방·호방·예방·병방·형방·공방을 아울러 이르는 말.

"이 고을에 본래 크나큰 폐단이 하나 있거늘 너희들은 모르느냐? 동문서답으로 긴급하지 않은 폐단만 잔뜩 늘어놓고 이 크나큰 폐단은 빠뜨리다니, 너희들은 정말 어리석기 짝이 없구나!"

관속들이 일제히 앞으로 나와 아뢰었다.

"소인들이 참으로 어리석어 크나큰 폐단이 무엇인지 모르옵니다."

서윤이 말했다.

"너희들은 폐단이 되는 법과 폐단이 되는 일이 있는 것만 알고 폐단이 되는 사람이 있다는 건 모르느냐? 옛날 주처[92]가 못된 짓을 하매 강동江東(강남)의 인민들은 그 우환과 괴로움이 산중의 호랑이나 강물 속의 교룡보다 심하다고 여겨 세 가지 환난 중 으뜸으로 지목했고, 그 때문에 풍년이 들어도 즐거운 기색이 없었다. 그러니 폐단이 되는 자가 끼치는 민폐는 폐단이 되는 일이나 법보다 심한 것이다.

내가 듣기로 평안도에 근심거리 하나가 있으니 그자의 성은 김이요 이름은 인홍이다. 소싯적에 산에서 멋대로 노닐며 호를 '낭사'浪士라고 했다가 훗날 돌연 심경에 변화가 와서 남을 속여 재물을 빼앗으며 못하는 짓이 없으니, 상서로운 봉을 사라고 노래

---

92. **주처周處** 동진東晉 때의 인물로, 젊었을 때 고향에서 무뢰배 짓을 하고 다녀 고을 백성들에게 큰 피해를 끼쳤기에 호랑이·교룡과 함께 세 가지 환난으로 지목되었다고 한다. 훗날 잘못을 뉘우치고 벼슬길에 나서 강직한 신하로 평가 받았다.

해서 포도대장을 속이는가 하면, 물 긷는 세금 계약서를 써서 대동강을 팔았고, 그밖에 기기묘묘하고 경악을 금치 못할 이야기가 한두 가지가 아니라 한다. 서윤의 입을 통해 인홍의 평생 행적이 대략 서술되었다. 만약 이런 자를 그대로 두고 죄를 묻지 않는다면 장차 곽해나 극맹 같은 무리가 마을에서 소매를 걷어붙이고 다니는 꼴을 보게 될 테니, 그리 되면 관리가 법령을 시행하기 어려워 백성들은 그 폐해를 견디지 못할 것이다.

내가 지금 목민관牧民官이 되어 이런 간사한 백성을 제거하지 못한다면, 위로는 백성의 근심을 나누어 갖고자 하시는 성상聖上의 뜻을 저버리는 것이요, 아래로는 좋은 정치를 바라는 백성의 지극한 마음을 저버리는 것이다. 내게 석 자 큰 칼이 있으니 이 쥐새끼 같은 무리를 결코 남겨 두지 않겠다!"

아전 하나가 반열에서 나와 말했다.

"사또 말씀이 지극히 옳으나 소인이 잠시 아뢸 말씀이 있습니다."

"무슨 말인가? 어서 말해 보라."

"김인홍은 일개 간사한 백성이라 그 죄를 용서할 수 없긴 합니다만, 사람을 속여 재물을 빼앗을 때 가난한 백성은 털끝 하나 건드린 적이 없고, 오직 탐관오리와 인색한 부자들에게만 수단을 부렸으며, 남의 군색한 사정을 보면 천금을 아끼지 않고 쾌척하니, 그 죄상은 죽임을 당해 마땅하나 그 재주와 국량은 우리를 만합니다. 또 그 마음은 이런 일 하는 것이 즐겁지 않았으나, 시골의 천한 출신인지라 비록 장량·진평·관중[93]·제갈공명 같은 기이한 재주를 가졌어도 조정에 등용되기를 기대할 수 없고, 그렇다고 권문세가의 식객이 되려고도 하지 않았기에, 촌구석에 사는 것을 감수하며 명성이 알려지기를 바라지 않고 시험 삼아 자기 재주를 조금 보여준 것뿐입니다. 늙은 아전의 입을 통해 인홍의 마음이 대략 서술되었다. 이런 인물을 발탁해서 쓰지는 못할망정 차마 꺾어 버리고 능욕해서 이런 살풍경한 일을 만들어 무엇 하겠습니까? 더구나 이 사람의 현하지변은 소진과 장의[94]도 능가할 수 없으니, 잡아들인다 해도 죄를 따지는 자리에서 끝없는 괴로움을 겪으시게 될 것입니다."

서윤이 크게 노하여 말했다.

"네가 감히 간사한 백성을 비호하느냐?"

마침내 그 아전을 물리치고는 어서 차사差使를 보내 인홍을 잡아오라고 다급히 호령했다.

차사들이 김봉의 집에 도착해 보니, 이날은 김봉의 생일이라 손

---

93. **관중管仲**　춘추시대 제齊나라의 재상. 부국강병책을 효과적으로 추진하여 제나라 환공桓公을 당대의 패자霸者로 만들었다.

94. **소진蘇秦과 장의張儀**　전국시대 말의 정치가. 뛰어난 변설로 전국시대 군주들을 설득하여 각각 합종책合縱策과 연횡책連衡策을 시행하게 하고 전국시대 진泰나라를 제외한 여섯 나라의 통합 재상이 되었다.

님과 친척들이 많이 모여 주거니 받거니 술을 마시고 있었다. 김봉은 차사들이 온 것을 보고는 수염을 쓸며 웃으면서 맞이했다.

"오늘 무슨 바람이 불어서 여길 다 오셨나? 마침 술도 있고 안주도 있는 좋은 날이니, 내 마음이 한층 더 기쁘구먼."

손을 잡고 맞아들이려 하는데, 차사들은 도리어 머뭇거리며 따라가지 않았다. 김봉은 놀라서 말했다.

"자네들이 오늘 온 건 그냥 나를 찾아온 게 아니라 필시 무슨 사고가 있어서군. 그게 아니라면 지금껏 어깨동무를 하고 흥겹게 놀던 친구들이 갑자기 이렇게 서먹하게 대할 리 있겠나. 대체 이유가 뭔가? 숨김없이 말해 보게."

차사들이 공문을 내보이며 말했다.

"세상사가 과연 헤아리기 어렵군요. 소인들이 생원님을 잡으러 올 줄 누가 알았겠습니까?"

김봉이 공문을 받아 읽어 보고는 차사들에게 말했다.

"자네들은 참 국량이 작은 사람들이야! 겨우 이 종이쪼가리 하나를 들고 왔다고 해서 나를 보고 얼굴이 붉어지며 부끄러워하다니, 대장부가 그래서야 되겠나? 쓸데없는 말은 말고 어서 생일주나 한잔 마시라구."

술을 한잔 가득 따라 주자 차사들이 받으며 말했다.

"소인들이 지금 온 것은 감히 관아의 명령을 저버릴 수 없었기 때문입니다만, 한자리에 마주 앉고 보니 관아의 명령이 가볍고 인정이 무겁습니다. 생원님께서는 잠시 피해 계십시오. 소인들은 돌아가서 체포하지 못한 죄를 준다 해도 사양 않고 기꺼이 받겠습니다."

김봉이 껄껄 웃으며 말했다.

"자네들, 잘못 생각했네. 관아의 명령이 있다 해서 내가 이를 피해 멀리 달아난다면 내 평생의 가치가 다 떨어지고 마는 걸세. 또 내 죄가 헤아릴 수 없이 많지만 지금껏 관아에 들어가서 가벼운 벌 한 번 받아 본 적이 없네. 지금 현명하신 사또가 부임하셔서 간사한 백성부터 다스리려 하시니 내가 스스로 찾아뵙고 죄를 청해야 옳거늘, 사또의 명령을 받아 이렇게 자네들이 왕림하게 만들었군. 내 어리석음을 깊이 사과하네."

또 술 한 통을 가져오라 해서 차사들과 여러 손님들에게 주고는 실컷 먹고 마시며 한껏 즐겁게 놀다가 잔치를 마친 뒤 천천히 걸어 관아를 향해 갔다.

차사들이 함께 아뢰었다.

"김인홍을 잡아왔습니다!"

서윤은 성이 나서 수염을 곤두세운 채 옷매무새를 바로하고 앉더니 큰소리로 말했다.

"네가 바로 '서봉'瑞鳳이란 별명을 가진 그 김인홍이냐?"

김봉이 말했다.

"그렇슈니다."

서윤이 성난 목소리로 꾸짖었다.

"너는 궁벽한 시골의 일개 필부匹夫로서 게꽁지만 한 글재주와 바늘구멍만 한 꾀를 가지고 서울에서 멀리 떨어진 양서[95]에 살며 집안 대대로 할아비는 농사를 짓고 아비는 장사나 하고 살아 왔을 게다. 이런 하찮은 놈이 무슨 권력을 믿고 이처럼 제멋대로 행동하며 털끝만치도 꺼리는 것이 없단 말이냐? 네 죄가 죽어 마땅하다는 것을 너는 아느냐?"

김봉이 피식 웃으며 대답했다.

"사또께서는 귀한 집 아들로 부모의 품 안에서 크며 포대기에 싸인 아이처럼 자랐으면서 무슨 마음으로 의젓하게 당상堂上에 앉아 태수太守입네 하십니까? 먹는 건 항상 고기요 마시는 건 항상 좋은 술이라, 태어나면서부터 술지게미나 거친 밥이라곤 도무지 모르니, 곤궁한 백성이 쓰디쓴 씀바귀를 달콤한 냉이 먹듯 먹어야 하는 사정을 어찌 아시겠습니까? 백성들이 쌀이 없어 굶어 죽는다는 말을 들으면 필시 '왜 고기를 먹지 않지?'라고 하실 텐데, 그러고도 백성을 다스릴 수 있겠습니까? 『대명률』[96]과 『대전통편』[97]은 한 구절도 읽은 적이 없고, 『무원록』[98]에 있는 검시檢屍 용

❧❧❧

95. **양서兩西** 황해도와 평안도.
96. **『대명률』大明律** 명나라의 기본 법전. 조선 시대 현행법으로 적용되어 율과律科의 시험 과목으로 채택되었다.
97. **『대전통편』大典通編** 정조正祖 때 『경국대전』經國大典과 『속대전』續大典 등 역대의 법전과

어는 한 글자도 이해하지 못하니 자잘한 소송이든 큰 옥사[99]든 오로지 아전 무리들이 꾀를 부리고 붓을 놀리는 데 의지하실 텐데, 그러고도 어찌 옥사를 다스릴 수 있겠습니까?

사또께서 진실로 백성을 다스리고자 하신다면 어서 동장[100]을 풀어 버리고 댁으로 돌아가 수십 년 더 공부를 하십시오. 그런 뒤에야 우리 사또가 되기에 합당할 겁니다. 오늘 사또께서 백성을 잘 다스리기를 바라는 건 지금 막 낳은 계란으로 자시子時인가 축시丑時인가를 알려고 하는 격이니,[101] 백성들이 어찌 답답하지 않겠습니까?

또 제가 멋대로 한 일이든 남을 속여 재물을 빼앗은 일이든 착한 일이라면 제가 착한 것이요, 악한 일이라면 제가 악한 것이거늘, 사또의 일과 무슨 상관이 있다고 차사를 보내 저를 잡아들이고는 책상을 치며 호통을 치십니까? 사또께선 왜 이리 쓸데없는

법령을 집성하여 편찬한 통일 법전. 한편 김경징은 인조 때의 문신이므로 1785년(정조 9)에 편찬된『대전통편』이 여기서 언급된 것은 실상에 맞지 않는다.

98. 『무원록』無冤錄 원나라 왕여王與가 편찬한 법의학서. 조선에서도 율과의 시험 과목으로 삼을 만큼 필수적인 법의학 서적적으로 취급되었다. 세종 때 최치운崔致雲이 왕명으로 주석을 달아『신주무원록』新註無冤錄을 간행했고, 영·정조 때 구택규具宅奎·구윤명具允明 부자가 이를 증보하여『증수무원록』增修無冤錄을 편찬했다.

99. 옥사獄事 반역이나 살인처럼 크고 중대한 범죄 사건.

100. 동장銅章 한나라 때 고을 수령이 찬 구리 도장. 여기서는 고을 수령의 벼슬자리.

101. 지금 막~하는 격이니 예전에 닭 우는 소리로 시간을 알았기에 한 말. 계란이 부화해 병아리가 되고, 병아리가 커서 닭이 된 후에야 계명성鷄鳴聲을 들을 수 있는데, 성급하게 방금 낳은 계란에서 계명성을 들으려고 하는 격이라는 뜻. '자시'는 밤 11시에서 1시 사이를, '축시'는 새벽 1시에서 3시 사이를 가리킨다.

일에 간섭을 하십니까? 하늘이 저를 낳을 때 두 콧구멍을 넓게 만들었으니 다행이지, 그렇지 않았다면 벌써 숨이 막혀 죽었을 겁니다."

서윤이 분노를 이기지 못해 수염을 곤두세우고 대번에 큰소리로 외쳤다.

"저 죽일 놈을 어서 형틀에 묶어 왼쪽에선 큰 곤장을 치고 오른쪽에선 작은 곤장을 쳐라! 살가죽이 갈기갈기 찢어지고 살점이 조각조각 떨어져 나가도 저 자식이 여전히 이렇게 뻗댈지 어디 한번 보자!"

이 한마디에 큰 곤장을 든 자는 왼쪽으로 뛰어가고 작은 곤장을 든 자는 오른쪽으로 쫓아가서 곤장을 들어 치려 하자 인홍이 고개를 돌려 빙그레 웃으며 말했다.

"자네들은 '서봉'이란 별명을 가진 평안도의 김인홍을 갑자기 잊었나? 예로부터 '강물은 흘러도 돌은 구르지 않는다'는 말이 있듯이, 올해의 평양 서윤은 천 년 백 년 평양 서윤 노릇을 할 수 없지만, 오늘의 김인홍은 자네들이 날마다 만나게 될 김인홍일세. 자네들은 지금 눈앞에서 남이 나를 호통치고 욕하는 모습만 보고, 훗날 내가 남을 호통치고 욕하게 되리라는 건 모르는가?"

곤장을 든 관속들은 이 말을 듣고 묵묵히 서로의 얼굴을 쳐다보기만 하며 곤장을 내리치려 들지 않았다. 참으로 괴이하구나, 그들의 사또인 위풍당당한 평양 서윤의 천만번 꾸짖는 호통 소리

116

가 궁벽한 시골의 일개 필부에 불과한 김인홍의 몇 마디 말에 미치지 못하다니!

그러자 인홍은 고개를 쳐들고 서윤에게 말했다.

"비록 사또께서는 이 고을의 관리이시고 저는 이 고을의 하찮은 백성이라 신분의 구별이 하늘과 땅처럼 뚜렷이 다르지만, 저는 다른 평민들과 다릅니다. 옳고 그름을 따지지 않고 오직 곤장으로 죄를 묻고 형벌을 정해서 큰 몽둥이로 때리면 평민들은 결백하기 그지없는 사람도 간음죄를 지었다고 자백하고, 생주리를 틀어 대면 훔친 증거 하나 없는 선량한 백성도 도둑질을 했다고 자백하지요. 그러나 저는 이치로 굴복시킬 수는 있어도 힘으로 굴복시킬 수는 없습니다. 사또께선 너무 진노하지도 마시고 너무 격분하지도 마십시오. 잠시 평정심을 찾아 기운을 진정하고 제 죄를 물으시면 제가 승복할 일은 승복하고, 변명할 일은 변명하도록 하겠습니다. 만약 제 죄가 죽을 만한 것이라면 죽음을 피하지 않겠습니다."

서윤은 난처한 경우를 만나 힐난하기 어려운 말을 듣고 보니 퍽이나 분하지 않을 수 없어 얼굴이 붉으락푸르락한 채 한참 동안 말이 없다가 가만히 생각했다.

'수령은 명령하지 못하고 백성은 복종하지 않는 것을 옛사람은 나무랐는데, 내가 지금 이처럼 창피를 당했다 해서 화내고 호통만 친다면 어찌 일을 이루겠는가?'

그리하여 화난 얼굴을 기쁜 얼굴로 바꾸고 말했다.

"허어! 내가 예전에 '김인홍' 세 글자를 들었거늘, 지금 김인홍의 기개를 직접 보니 참으로 기쁘기 그지없군. 궁벽한 시골, 작은 고을에 천하무쌍의 기이한 인재가 있을 줄 누가 알았겠나? 인홍! 나는 평생 동안 나 자신이 큰 그릇이라고 생각해 왔는데, 지금 자네를 보니 나도 모르게 두 무릎이 굽혀지네. 애당초 자네를 불러오라고 한 건 자네 의기가 얼마나 장부다운지 시험해 보려던 거지 자네의 죄를 따지려던 게 아니었어. 내가 10년 동안 친구를 찾아도 걸맞은 사람을 만나지 못했는데, 지금에야 비로소 자네를 얻었군!"

서윤이 버선발로 당에서 내려와 인홍을 일으켜 당상으로 데려가려 하자 인홍은 우뚝 선 채 꼼짝 않고 말했다.

"사또께서 애당초 차사를 보내 저를 잡아오도록 명령을 하셨으니 저는 죄인이었습니다. 그런데 지금은 사또께서 몸소 내려와 저를 데리고 당상으로 올라가서 갑자기 한자리에 앉아 귀빈으로 대접하려 하십니다. 잠깐 사이에 공과 죄가 뒤집혀 당 아래에 있던 죄인이 당상으로 올라갈 수 있단 말입니까? 제가 아무리 어리석어도 이런 예법은 감당하지 못하겠습니다."

서윤이 말했다.

"자네가 죄인으로 자처한다면 곤장을 맞는 게 합당하고, 사또의 손님으로 대접받고 싶다면 당상으로 올라올 일이야. 지금 곤장도 맞지 않겠다고 하고 당상에 오르지도 않겠다고 하니, 자네 생각은 대체 뭔가?"

김봉이 대답했다.

"저는 사또 앞에 죄인이 되기를 바라지도 않고, 사또의 귀빈이 되기를 바라지도 않습니다. 그저 하늘과 땅 사이에 자유롭게 살기를 바랄 뿐입니다."

"자네는 왜 이리 굽힐 줄을 모르나? 이 나라 백성이 되어 어디에도 묶이지 않고 어디에도 속하지 않은 사람이 어디 있단 말인가?"

"'임금이 교만하면 나라를 잃고, 대부大夫가 교만하면 영지를 잃는다'[102]는 옛말이 있습니다. 저는 동서로 오가는 검은 구름이나 흰 백로 같은 존재라서 벼슬에 묶여 행동 하나하나를 마음대로 하지 못하는 사또와는 다르지요."

마침내 김봉이 당상에 오르자 서윤은 술을 가져오라 해서 함께 두어 잔 마시며 이야기를 나누다가 물었다.

"듣자니 자네는 천하에 어려운 일이 없다고 늘 말하고 다닌다던데, 정말 그런가?"

김봉이 팔을 걷어붙이며 말했다.

---

102. **임금이 교만하면~영지領地를 잃는다**　춘추시대 위魏나라의 재상 전자방田子方이 위나라 태자에게 한 말. 『자치통감』資治通鑑 주기周紀에 보인다.

"천하에 어려운 일이 참으로 많지만 제가 맞닥뜨린 일 중에는 어떤 어려운 일도 없었습니다."

"자네가 오늘 분명히 이렇게 말했겠다?"

"그렇습니다."

"내가 훗날 난처한 일을 만나 자네에게 해결해 달라고 하면 절대 거절하지 말게."

"그러지요."

"만약 해결하지 못할 때는 어쩔 건가?"

"제 목을 바치지요."

서윤은 당장 통인[103]을 불러 종이 한 장을 가져다 이 말을 기록하게 한 뒤 인홍에게 서명을 하라고 했다. 서윤이 뱃속에 칼을 숨기고 있었던 것이나 김봉은 혀끝으로 남을 굴복시켜 죽음도 피하지 않는 자이니 어찌 사양하려 들겠는가? 마침내 '일심'一心 두 글자를 크게 써서 서명을 했다.[104] 그런데 얼마 지나지 않아 공교롭게도 처리하기 어려운 사건이 일어났으니, 참으로 기이하고 괴이한 일이었다.

차설,[105] 평양 동쪽 무회촌無懷村에 사는 조평남趙平男이라는 상인

---

103. **통인通引** 조선 시대 고을 수령의 잔심부름을 하던 관속.
104. **'일심'一心 두~서명을 했다** 옛날 문서에 서명할 때 '일심' 두 글자를 요즘의 사인처럼 했기에 한 말. 당시에는 이를 '수압'手押이라고 했다.
105. **차설且說** 각설却說. 소설 진행 중에 다른 이야기로 전환할 때 첫머리에 쓰는 상투어.

商人이 쏜살같이 관아로 뛰어 들어와 고소장을 바치고는 땅에 엎드려 대성통곡했다. 서윤이 고소장을 받아 보니 그 내용은 다음과 같았다.

삼가 아뢰는 뜻은 아래와 같습니다. 제가 갑자기 망측한 괴변을 당하여 말로 아뢰고자 하면 기가 막히고 글로 아뢰고자 하면 창자가 찢어지려 해서 감히 몇 줄기 눈물로 지극히 인자하시고 현명하신 사또께 고합니다.

저는 어려서 부모를 여의고 다른 형제 없이 오직 부부 둘이서 외로이 서로 의지하며 수십 년 동안 고생스레 살아 왔습니다. 산나물과 야채로 목숨을 부지하고 남루한 베옷으로 엄동설한을 지냈으니, 몇 년 동안 겪은 괴로움은 짧은 글로 이루 다 쓰기 어렵습니다. 저는 생계 때문에 어쩔 수 없이 작년부터 행상도 하고 좌상坐商도 하며 해보지 않은 일이 없었으나, 팔려고 곡식을 내놓으면 바람에 날아가고 소금을 내놓으면 비에 맞아 녹으니, 예전처럼 부부가 굶주림과 추위에 떨며 살았습니다. 그러다 지난달에 우연히 소 한 마리가 생겨 쌀 수십 말을 먼 지방으로 팔러 갔다가 며칠 전에야 집으로 돌아오게 되었습니다. 두 달 동안 부부가 떨어져 지내다 다시 만날 생각에 기쁘기만 했습니다.

그런데 방문을 여니 아내의 얼굴은 보이지 않고, 어디서 오

는지 비린내가 훅 코를 찌르기에 머리를 들어 보니 7척의
시신이 땅에 쓰러져 있는 게 아니겠습니까. 머리는 잘려 나
가 어디에 떨어졌는지 찾을 수 없고, 두 주먹은 꼭 쥐고 있
어 여전히 원통하고 분한 모습이 남아 있으니, 그 참혹한
모습을 차마 볼 수 없었습니다. 서글피 울부짖었지만 혼령
이 무엇을 알겠습니까? 일이 이 지경에 이르렀으나 할 수
있는 게 통곡밖에 없었습니다. 끈적한 피가 아직 다 마르지
않은 걸 보아서는 흉악한 도적이 찌른 지 시간이 많이 지나
지 않은 것으로 여겨졌습니다.

엎드려 빌건대 이 지극한 원통함을 헤아리시어 시신의 머
리를 찾아 머리 없는 귀신이 되지 않게 해 주시고, 간악한
도적을 찾아내서 마땅한 형벌을 내리시어 저승과 이승의
분을 모두 씻어 주시기를 천만번 바라옵니다.

서윤은 고소장을 낸 상인을 불러 한 차례 자세히 묻고 한참 동
안 묵묵히 생각해 보았지만 간악한 도적을 잡을 방법이 전혀 떠
오르지 않아 혀를 차며 말했다.

"이상한 일이야! 강간에 저항하자 벌인 짓이라고 한다면 죽이
는 것으로 족하지 왜 하필 그 머리를 숨겼을까? 원한을 품은 자
가 한 짓이라고 해도 하필 머리를 가져갈 까닭이 있을까? 이것
참 보기 드문 사건이다!"

의아해 마지않다가 잠시 후 번뜩 생각이 떠올랐다.

'그래, 내가 김인홍과 어제 술 마시며 한 말이 있었지! 인홍이 제 입으로 말하고, 제 손으로 서명하기를, 아무리 어려운 일이라도 내가 해결해 달라고 할 때 자기가 해결하지 못하면 제 목을 바치겠다고 하지 않나. 인홍을 불러 물어봐야겠구나. 만약 인홍이 해결하지 못하면 기기묘묘한 방법을 써서 이자를 처치해 버려야지.'

급히 관노官奴를 불러 김봉에게 잠깐 다시 오라고 하게 했다.

이때 김봉은 서윤과 작별하고 막 관아 문을 나와서 두어 걸음도 채 걷지 않는데, 문득 등 뒤에서 누군가 외치는 소리가 들렸다.

"생원님, 잠시 멈추십시오! 잠시 멈추십시오!"

김봉이 고개 돌려 바라보니 관노 하나가 숨을 헐떡이며 날듯이 뛰어 오고 있었다. 김봉이 물었다.

"너는 왜 쫓아왔느냐?"

관노가 말했다.

"사또께서 생원님더러 잠깐 다시 들라 하십니다."

"왜? 고을에 무슨 사고가 있느냐?"

"별다른 사고가 있는 건 아니고, 다만 이러이러한 살인 사건이 일어났어요."

김봉이 깜짝 놀라 말했다.

"끔찍한 일이구나! 어떤 악독한 자가 감히 사람의 목숨을 해쳤

을꼬?"

이윽고 픽 웃으며 생각했다.

'사또의 마음이 참 음험하기도 하지! 내가 엊저녁 술자리에서 대담하게도 내 자랑을 하며 아무리 어려운 일이라도 사또가 해결하지 못하는 일을 내게 부탁하면 귀신처럼 해결할 것이요, 해결하지 못하면 내 목을 바치겠다고 했더니, 지금 그 약속을 지키라고 하는구나. 하지만 이 사건을 해결하는 게 뭐 그리 어렵겠나.'

관아에 들어와 자리에 앉자 서윤이 말했다.

"지금 마침 처리하기 어려운 사건이 하나 있는데, 어찌하면 좋을꼬?"

김봉이 벌컥 성을 내며 말했다.

"옥사를 다스리는 건 사또의 일이거늘, 일개 평민에게 어찌하면 좋냐고 하시는 건 대체 무슨 뜻입니까?"

"자네가 어제 나와 무슨 말을 했더라?"

"제가 잠시 대담하게 제 자랑을 하긴 했으나, 그건 사또께서 무슨 일이든 사사로운 일을 당하셨을 때 해당되는 거지, 공적인 업무를 제가 감히 어찌하겠습니까?"

그렇게 나오니 서윤은 할 말이 없어 묵묵히 앉아 있을 따름이었다.

김봉은 생각했다.

'서윤이 내게 이 일을 해결하라고 하는 게 비록 호의는 아니지

만, 이 사건은 결코 서윤이 해결할 수 없다. 게다가 며칠 시간을
끌다 보면 해결하기가 몹시 어려워질 테지. 내가 일개 평양 서윤
과 우열을 다투느라 이 원통한 사건을 미궁에 빠뜨려서야 되겠
나? 그건 참으로 안 될 일이야.'

그러고는 서윤에게 물었다.

"사또의 공무는 제가 왈가왈부할 일이 아니지만 말씀하신 일
은 대체 어떤 사건입니까? 한번 말씀해 주시면 제 좁은 소견으로
사또께서 미처 생각지 못한 점을 보충해 보겠습니다."

서윤이 고개를 끄덕이며 좋다고 하고는 우선 고소장을 인홍에게
넘겨주었다. 인홍이 받아서 읽어 보고는 조평남을 불러 물었다.

"그 시신은 분명히 자네 아내가 맞던가?"

조평남이 말했다.

"홍자색 저고리에 푸른색 치마를 입었으니, 분명 제 아내가 맞
습니다."

김봉이 말했다.

"저고리와 치마를 벗겨 봐도 자네 아내가 맞던가?"

조평남은 한참 머뭇거리다가 말했다.

"그렇게까진 살펴보지 않았습니다."

"옷만 보고 자네 아내가 맞다고 한 것이니, 몸까지 살펴보고
자네 아내가 맞다고 해야 큰 착오가 없지 않겠나?"

"그럴 것 같습니다."

"자네 이웃 중에 요사이 세상을 뜬 여인이 있나?"

"이웃 사람 주문형周文亨이 며칠 전 아내 상을 당해서 오늘 장례를 치른다고 합니다."

김봉은 은밀히 서윤에게 귓속말로 "이러이러하게 해 주십시오"라고 말했다. 서윤은 그 말을 듣고 고개를 끄덕이더니 즉시 관아의 하인 네다섯 사람을 불러 분부했다.

"너희들은 조평남과 함께 당장 나가서 시신을 조사하고 와라!"

또 그중 영리한 하인 몇을 불러 은밀히 이러이러하게 하라고 당부했다.

차설, 관아의 하인들과 조평남은 곧장 무회촌으로 갔다. 조평남이 시신을 살펴보니 분명 자기 아내가 아니었으나 위아래 입은 옷은 아내가 입던 옷이 틀림없었다. 조평남이 의아하여 갈팡질팡하고 있는 사이에 관아의 하인들은 돌아보지 않고 곧장 이웃의 주문형 집으로 달려갔다. 다짜고짜 쳐들어가서 관을 들어 보니 가벼워 반짝 들리는 것이었다. 즉시 도끼로 관을 부수고 보니 관 속에 머리 하나가 들어 있는데, 핏물이 완전히 마르지 않았고 머리는 봉두난발이었다.

관아의 하인들은 주문형을 붙잡아 그 자리에서 고문을 했다.

"우리 사또는 아는 것이 귀신같고 만 리 밖까지 환히 보는 신통한 눈을 가지셔서 네놈의 한때 간악한 죄상이 이미 탄로 났다.

우리가 명을 받아 왔으니 너는 어서 자백해라!"

'죄 있는 놈 겁부터 먹는다'는 속담도 있거니와, 증거가 드러 났으니 주문형이 어찌 죄가 없다고 꾸며 대는 말을 할 수 있겠는 가? 아직 곤장 한 대 치지 않았는데도 하나하나 죄를 인정하더 니, 마침내 깊은 방 복벽[106] 안에서 한 여인을 나오게 했다. 바로 조평남의 아내였다. 조평남은 두 눈으로 똑똑히 보고도 머릿속이 몽롱한 채 믿을 수 없었고, 놀란 나머지 입이 얼어붙어 한마디도 따져 묻지 못했다.

차설, 관아의 하인들이 시신의 머리를 들고 주문형과 조평남의 아내를 결박하여 관아로 돌아와 보고했다. 관아에서 죄를 심문하 여 저 주문형의 지극히 간사하고 악독한 흉계가 드러나자 사람들 은 머리털이 쭈뼛 설 만큼 오싹 소름이 끼쳤다.

당시에 조평남의 아내와 주문형은 간통한 지 오래되어 이웃 사 람들 중에 모르는 이가 없었으나 오직 조평남 한 사람만 속아서 '내 아내는 정숙하고 절개가 있어 청천백일靑天白日처럼 깨끗한 사 람이다'라고 여겼다. 간사하구나, 조평남의 아내! 남편과 겉으로 는 친한 체하면서 속으로는 소원했던 것이다. 악독하구나, 주문 형! 조강지처와 금슬이 좋지 않자 간악한 남녀가 만나 은밀히 정 을 통했으니 아교처럼 옻처럼 떼려야 뗄 수 없는 관계가 되었다.

꽃장식

106. **복벽複壁** 벽 속을 비우고 그 속에 물건을 넣을 수 있게 두 겹으로 쌓은 벽.

그리하여 간악한 두 남녀는 손잡고 먼 곳으로 도망가 살자고 의논을 했다. 하지만 그러자니 조평남이 뒤쫓아 올까 두려웠다. 그렇다고 오랫동안 몰래 간통을 하자니 언젠가는 조평남에게 발각될까 두려웠다. 며칠 동안 상의한 끝에 간계奸計가 하나 나왔다. 그 간계란 무엇인가?

조평남이 행상 나간 때를 틈타 주문형이 자기 아내를 암살하고 그 머리를 자른 다음 조평남의 아내가 평소에 입던 옷을 시신에 입혀서 조평남을 속이는 것이었다. 조평남의 아내는 주문형의 집에 몰래 숨어 있다가 며칠 뒤에 먼 곳으로 이사 가서 손잡고 백년해로하기로 단단히 약속했다. 다만 시신의 머리를 숨겨둘 곳이 없어 아내 상을 당했다고 알리고 관을 갖춘 뒤 날을 정해 장례를 치르려고 했다. 그러나 끝내는 아무도 보지 않는 곳에서 남을 속여도 신神의 눈에는 번개처럼 환히 보인다는 말처럼 되고 말았다. 이른바 '하늘도 모르고 귀신도 모를 흉계'를 일찌감치 김인홍이 간파하여 간악한 남녀가 모두 법대로 사형 당했다.

청천자는 말한다.

"인홍이 아니었다면 이 사건은 끝내 해결되지 못했을까? 아아, 그렇지는 않을 것이다. '선을 행한 자에게는 온갖 상서로움이 내리고, 악을 행한 자에게는 온갖 재앙이 내린다'는 말은 고금의 환하고 환한 이치이다. 여자가 원한을 품으면 오뉴월에도 서리가 내리는 법이니, 주문형의 아내처럼 죄 없이 참혹하게 죽어 무궁한 원한이 하해처럼 깊은 경우라면 어떠하겠는가? 저 간악한 남녀가 비록 하루에 천리를 가는 신기한 능력을 가졌다 한들 1만 개의 눈이 삼엄히 지켜보고 있으니 열 걸음 밖을 벗어나지 못할 것이다. 인홍의 사건 해결이 비록 신기하나 인홍이 아니라도 이처럼 지극히 간사하고 악독한 사람들이 어찌 방 안에서 편히 늙어 죽을 수 있겠는가!"

인홍이 이 사건을 해결한 뒤 온 고을 사람들이 시끌벅적 떠들썩하게 한입으로 경탄하여 말했다.

"김인홍은 과연 불세출의 기재로다! 다만 때를 만나지 못하고 처지가 한미해서 '협잡' 두 글자에 몰두하고 말았으니, 참으로 애석하고 애석하다!"

서윤은 인홍을 감히 보통 사람처럼 대하지 못했으나 인홍이 명예를 돌아볼 리 있겠는가? 바라는 건 노자작[107]과 앵무배[108]로 100년 3만 6천 일을 길이 취해 깨지 않으며 예전처럼 부자들을 속여 재산을 빼앗는 일뿐이었다. 그 뒤로 평양 서윤이 하루에 편

107. **노자작鸕鶿杓** 가마우지 모양으로 만든, 술을 뜨는 구기.
108. **앵무배鸚鵡盃** 앵무새 부리 모양의 앵무라鸚鵡螺(앵무조개)로 만든 술잔.

지를 100통씩 보내 인홍을 초대했으나 인홍은 응하지 않고 커다란 종이 하나를 꺼내 한가운데에 큼지막한 글씨로 "비공사非公事, 미상지언지실未嘗至偃之室"[109] 아홉 글자를 써서 대답을 대신했다.

얼마 뒤 평안 감사와 이웃 고을의 수령들이 김인홍의 재주와 식견이 빼어나다는 말을 듣고 모두 한번 만나고 싶어서 어떤 이는 사람을 보내 초청하기도 하고 어떤 이는 몸소 찾아오려 하기도 했다. 김봉은 그런 소식을 듣고 하늘을 우러러 탄식하며 말했다.

"들자니 산림의 선비를 현달한 벼슬아치들이 존경하고 예우한다던데, 일개 협잡꾼을 이처럼 흠모하다니 산림 선비에게는 거짓된 덕이 많고, 협잡꾼에게는 진짜 재주가 많지. 벼슬아치 중에 제대로 된 사람이 없다는 걸 알 만하구나!"

이윽고 또 탄식하며 말했다.

"동방 3천리 땅이 좁디좁아 협잡질을 할 곳도 없구나!"

마침내 가족들을 데리고 먼 곳으로 떠났는데 그 뒤 어떻게 살았는지 알 수 없다.

---

109. **비공사非公事, 미상지언지실未嘗至偃之室** '공무가 아니면 내 방에 들어오지 않는다'는 뜻으로, 『논어』論語 「옹야」雍也에 나오는 자유子游의 말. 공자가 고을 수령이 된 자유에게 훌륭한 인물을 얻었느냐고 묻자 자유는 담대멸명澹臺滅明이란 사람을 칭찬하여 "공무가 아니면 제 방에 온 적이 없습니다"(非公事, 未嘗至偃之室也)라고 대답했다. '언'偃은 자유의 이름이다.

계항패사씨는 말한다.

"이것은 김봉의 본전[110]으로, 글이 총 36회로 이루어져 있는데, 기이한 사건과 기이한 행적이 이루 헤아릴 수 없을 정도로 많다. 그중에 재판과 관련된 사건이 하나 있어 태반을 덜어내 버리고 마침내 『신단공안』[111] 제4회로 끌어 넣었기에, 전후 편[112]과 문세文勢가 비슷하지 않은 것이 있으니 독자들이 아셨으면 한다."

---

110. **김봉의 본전本傳** '본전'은 원래의 전傳, 혹은 해당 인물의 전을 일컫는 말이다. 이 말을 통해 「김봉전」金鳳傳이라는 작품이 별도로 존재했음을 알 수 있다. 아마도 장편 분량의 장회체章回體 소설로, 전傳의 형식을 빌려 김봉의 일대기를 그린 게 아니었을까 한다.

111. **『신단공안』神斷公案** 개화기 『황성신문』皇城新聞에 연재된 공안소설집公案小說集. 「김봉전」을 비롯한 7편의 한문중단편을 실었다.

112. **전후 편篇** 『신단공안』의 다른 이야기들을 말한다.

유연전

이항복

유연柳淵은 자字가 진보震甫로, 대구 사람이다. 그의 부친은 현감 벼슬을 지낸 유예원[1]으로, 유치柳治·유유柳游·유연 세 아들을 낳았다. 유유는 글을 잘 지었고, 유연은 예학禮學을 좋아해서, 모두 마을 사람들의 칭송을 받았다. 유유의 아내는 대구 무인武人 백거추[2]의 딸이고, 유연의 아내는 참봉 이관李寬의 딸이다. 유연의 큰누이는 종실宗室인 달성령[3] 이지李禔와 결혼했으나 먼저 세상을 떴고, 둘째누이는 대구 선비 최수인崔守寅과 결혼했으며, 셋째누이는 진주 선비 하항[4]과 결혼했다. 또 사촌 누이는 현감을 지낸 심륭[5]의 아내다.

꽃꽃꽃꽃

1. **유예원柳禮源** 명종 때의 문신으로, 창녕 현감을 지냈다.
2. **백거추白巨鰍** 「백거추전」白巨秋傳(『기인과 협객-천년의 우리소설 4』 수록)의 주인공 백거추白巨秋와 동일인으로 추정된다.
3. **달성령達城令** '달성'은 대구의 옛 이름. '령'令은 종실宗室(왕족)에게 제수하는 정5품 관작.
4. **하항河沆** 남명南冥 조식曺植의 문인.
5. **심륭沈隆** 선조 때의 문신으로, 용인 현령, 장례원掌隷院 사평司評(정6품 관직)을 지냈다.

유유가 글공부를 하러 산에 들어갔다가 홀연 사라져 돌아오지 않았다. 유예원과 유유의 아내 백씨가 "광증이 나서 뛰쳐나갔다"라고 하자 이 말이 집 밖으로 퍼져 나갔다. 부친과 아내가 그렇게 말하니 마을 사람들도 모두 믿어 의심치 않았다. 오직 유연 홀로 근심스레 울며 사람들과 상대해 말하지 않았다. 5년 뒤 유예원이 세상을 뜨자 유연이 상을 주관하고 여막살이를 했다.

이듬해인 임술년(1562)에 달성령 이지가 유연에게 편지를 보냈다.

듣자니 황해도 해주에 사는 채응규蔡應珪라는 이가 바로 자네 형이라고 하네. 자네가 가서 맞이해 오는 게 좋겠네.

유연은 편지를 읽고 하인을 보내 유유를 맞아 오게 했다. 그러나 해주로 갔던 하인은 허탕을 치고 돌아와 유유가 아니더라고 말했다.

여름에 이지가 또 편지를 보내 채응규는 유유가 틀림없노라고 했다. 유연이 또 하인을 보냈으나 하인은 또 허탕을 치고 돌아와 전과 같은 말을 했다.

이듬해인 계해년(1563) 겨울, 이지가 삼이三伊라는 하인을 보내 말을 전하게 했다.

"전에 말한 채응규가 첩을 데리고 우리 집에 왔는데, 진짜 자네 형이 맞네. 자네가 와 보게."

유연은 우선 하인을 급히 보내고 자신은 뒤따라 출발하기로 했다.

하인이 이지의 집에 도착해서 인사하니 채응규는 바야흐로 이지와 함께 앉아 있었다. 채응규는 하인을 뜰에 엎드리게 하더니 얼른 회초리를 가져와 때리며 말했다.

"쯧쯧! 네놈이 연(演)과 음모를 꾸며 전에 해주에 와서 나를 모르는 척했으렷다! 종놈이 주인의 은혜를 잊었으니 네 죄는 죽어 마땅하다."

하인은 두려움에 벌벌 떨며 말했다.

"아닙니다, 아닙니다! 우리 주인 나리께서 곧 당도하실 것이오니, 잠시만 기다려 주시옵소서."

이지가 채응규를 말리는 척하자 채응규가 말했다.

"아우가 온 다음에 결정하겠지만, 결코 너를 용서하지 않을 테다."

며칠 뒤 유연이 도착하여 곧장 채응규의 처소로 들어가니, 옷자락으로 얼굴을 가리고는 병을 앓고 있다 핑계를 대며 누워 있었는데 과연 모르는 사람이었다. 채응규는 천천히 유연의 자(字)를 부르며 말했다.

"진보야, 가까이 와라."

그러고는 와락 유연의 손을 잡고 말했다.

"너를 보니 놀랐던 마음이 진정되고 감격스런 눈물이 쏟아져 고질병이 싹 사라지며 정신이 번쩍 깨이는 듯하구나. 하지만 너는 안색 하나 바뀌지 않으니 동기간의 정으로 어찌 이처럼 홀시 한단 말이냐?"

유연은 당황해서 쩔쩔매며 물러났다. 어찌해야 할지 알 수 없어 사람들과 의논해 보았다. 이지와 심륭은 입을 모아 "틀림없는 진짜 유유일세"라고 했다. 어떤 이는 "관아에 아뢰어 시비를 가려야 한다"라고 했고, 어떤 이는 "고향으로 데리고 돌아가서 친족들을 모아 함께 진위를 가려야 한다"라고 했다. 유연은 서족[6]인 김백천金百千의 계책에 따라 채응규를 잘 대우하여 함께 대구로 돌아가기로 했다.

유연 일행이 팔거[7]에 도착하자 유유의 아내 백씨가 남편이 온다는 소식을 듣고 집안의 노비들을 모두 거느리고 마을 입구에 나와 맞이했다. 남녀노소를 막론하고 수많은 사람들이 담장처럼 늘어서서 목을 빼고 기다렸다. 백씨가 시집올 때 데려온 눌삐가 군중 속에 있다가 채응규가 오는 것을 보고는 앞으로 나가 꾸짖었다.

"너는 누구기에 우리 주인 행세를 하며 감히 여기에 왔느냐?"

군중들은 깜짝 놀랐고, 채응규는 낯빛이 변하며 행동거지가 이상해졌다. 유연은 눌삐를 꾸짖고, 채응규의 두 손을 등 뒤로 결박

6. **서족庶族** 서출庶出의 친족.
7. **팔거八莒** 팔거현八莒縣. 경상북도 칠곡군漆谷郡의 지명.

했다. 채응규는 유연의 아명兒名을 부르며 말했다.

"무양無恙아! 나를 왜 이리 핍박하느냐?"

관아에 이르니 마을 사람 우희적禹希績·서형徐泂·조상규趙祥珪, 유연의 매부인 최수인, 서족인 홍명洪明이 앉아 있었다. "너는 누구냐?"라고 묻자 채응규는 "저는 유유입니다"라고 대답했다. 대구 부사⁸ 박응천⁹이 좌중의 사람들에게 묻자 모두 유유가 아니라고 대답했다. 그러자 부사는 좌중의 사람들을 일일이 가리키며 채응규에게 캐물었다.

"여기 앉아 있는 사람들은 모두 네 친척이나 같은 마을 사람들이니, 네가 한번 말해 보아라. 이 사람은 누구고 저 사람은 누군지."

채응규는 고개를 푹 숙이고 대답하지 못했다. 즉시 뜰로 끌어내려 삼목¹⁰을 채워 묶고 말했다.

"복장이 바뀌고 얼굴이 쇠해서 친구들이 너를 못 알아볼 수도 있겠지만, 네가 진짜 유유라면 친구들을 못 알아볼 리 있겠느냐? 지금 네가 사실을 고하면 용서받을 수 있을 터이나, 그러지 않는

---

8. 부사府使 1천 호戶 이상인 고을에 둔 지방관인 정3품의 대도호부사大都護府使와 종3품의 도호부사都護府使를 가리키는 칭호.

9. 박응천朴應川 생몰년 ?~1581년. 중종~선조 때의 문신으로, 호조정랑, 대구 부사, 사재감 정司宰監正을 지냈다.

10. 삼목三木 죄인의 목과 손발에 씌우는 형구刑具.

다면 관아의 형벌로 다스리겠다."

그자는 일이 궁색해지자 자신이 유유라고 했다가 채응규라고 했다가 두서없이 미친 소리를 늘어놓으며 짐짓 미치광이 행세를 했다. 잠시 후에 채응규의 첩 춘수春守라는 자가 소식을 듣고 급히 달려와 아뢰었다.

"제 남편은 불행히도 병이 위독한 상태입니다. 옥에 가두지 마시고 사처私處에 억류해 주시기 바라옵니다."

부사는 관노官奴 박석朴石의 집에 머물게 했다.

5일 뒤 채응규와 춘수가 밤을 틈타서 달아났다. 박석이 알아차리고 뒤쫓아 춘수를 잡았지만 채응규는 이미 달아나 종적을 감추었다.

유유의 아내 백씨는 실의에 빠져 상복을 입고 밤낮으로 곡하며 감사[11]에게 호소했다.

"남편의 못된 아우 유연이 재산 욕심에 눈이 어두워 진짜를 가짜라 하며 형을 결박하여 관아에 가두고 재앙을 덮어씌우려 했습니다. 제 남편은 본래 광증을 앓고 있던 터에 구금을 당하자 병이 더욱 중해졌습니다. 다행히 태수께서 옥살이를 시키지 않으셔서 병을 다스리고 있었는데, 유연이 감시하는 군졸을 매수하여 남편을 살해하고 흔적을 인멸했습니다. 유연의 죄를 따져 제 원통함

❧❧❧❧

11. **감사監司** 관찰사觀察使. 각 도道의 장관長官으로, 종2품 관직.

을 풀어 주시기 바랍니다."

감사는 대구 부사에게 명령하여 유연·춘수·박석을 잡아 가두게 했다. 유연의 아내 이씨가 억울함을 호소하자 감사가 말했다.

"달아난 자는 유유가 아니라 채응규다. 또 달아났다는 분명한 증거가 있으니, 나 또한 유연의 억울함을 잘 알고 있다. 다만 백씨가 호소하기를 그치지 않아 일을 처리하는 데 어쩔 수 없는 사정이 있으니 일단 물러가 기다려라. 국문¹²을 마치면 마땅히 바로잡을 것이다."

백씨가 유연을 이웃 마을로 옮겨 달라고 요청하자 마침내 현풍¹³으로 옮겨 가두었다. 유연의 옥사¹⁴에 대한 판결 내용을 조정에 미처 보고하기 전에 간관¹⁵이 임금에게 아뢰었다.

"유유가 타지로 옮겨 다니며 고생을 겪어 외모는 비록 달라졌지만 말씨와 행동거지는 다름 아닌 유유이거늘, 그 아우가 적자의 자리를 빼앗아 재산을 독점하고자 음모를 꾸며 유유를 위협하고 결박하여 관아에 고발했습니다. 부사는 유유와 유연을 함께 옥에 가두어야 마땅했거늘 먼저 고소한 아우의 말을 믿고 형만 가두어 옥사의 체모를 잃었습니다. 또 유연의 옥사 처리를 지연

※※※

12. **국문鞠問** 중죄인의 자백을 받기 위해 국왕의 명령을 받아 형장刑杖을 가하여 심문하던 일.
13. **현풍玄風** 대구 달성군의 지명.
14. **옥사獄事** 반역이나 살인처럼 중대한 범죄 사건.
15. **간관諫官** 사간원司諫院의 대사간大司諫 이하 관원.

시켜 형을 죽이고 인륜을 어지럽힌 죄를 지금까지 덮어 두고 있으니, 경상도 사람 중에 분통해하며 욕하지 않는 이가 없습니다. 유연을 잡아와 죄를 다스리고 부사 박응천은 파직하기를 청합니다."

임금이 윤허했다.

이때 유연이 서울의 옥에 잡혀오게 되자 이지와 심륭이 마주 앉아 모의를 하며 은밀히 김백천에게 물었다.

"유연이 오면 우리도 국문을 당할 텐데 자네는 뭐라고 말할 작정인가?"

김백천이 말했다.

"제가 보기에는 유유가 아니었습니다."

이지와 심륭이 말했다.

"그러면 자네는 유연과 함께 목이 잘릴 걸세."

"그렇다면 뭐라 말해야겠습니까?"

이지와 심륭이 이런 말로 종용했다.

"우리와 똑같은 말을 하면 아무 근심 없이 지나갈 걸세."

이해 갑자년(1564) 3월 11일에 유연 등이 잡혀오자 3성[16]이 모여서 심통원[17]을 위관[18]으로 삼아 옥사를 처결했다. 유연의 공초[19]는

---

16. 3성省 인륜강상을 저버린 죄인을 추국推鞫하는 세 관서, 즉 의정부議政府·사헌부司憲府·의금부義禁府를 통틀어 일컫는 말.

대략 다음과 같다.

어느 날 저의 자형인 달성령 이지가 제게 이런 편지를 보냈습니다.

"우리 집 하인 삼이가 일 때문에 해주에 갔다가 해주에 있는 채응규라는 자가 유유인 듯하다는 말을 듣고 직접 가서 보니 과연 유유였네."

저는 형수 백씨와 의논하여 즉시 하인을 차출해서 백씨의 편지와 의복을 가지고 해주로 가게 했으나 채응규는 저의 형이 아니었습니다. 채응규는 이렇게 말했습니다.

"나는 채응규다. 삼이가 잘못 전한 말을 듣고 너희가 멀리까지 왔으니 참으로 고생이 많다."

그러고는 백씨에게 답장을 써서 돌려보냈습니다. 이런 일이 두 번 거듭되었습니다.

또 겨울에 이지가 하인 삼이를 보냈기에 제가 물었습니다.

"자형이 편지를 보내셨느냐?"

삼이는 대답했습니다.

---

17. **심통원沈通源**　생몰년 1499~1572년. 중종~명종 때의 문신으로, 문과에 장원급제하여 대사헌·형조참판·좌의정을 지냈다. 윤원형尹元衡과 함께 명종 때의 대표적인 척신戚臣이었다.
18. **위관委官**　죄인을 추국할 때 의정대신議大臣 가운데서 임시로 뽑아서 임명하는 재판관.
19. **공초供招**　죄인이 범죄 사실을 진술한 말.

"백씨 댁에 벌써 편지를 전해 드렸습니다."

제가 백씨에게 자형의 편지를 보여 달라고 하자 잃어버렸다고 핑계를 댔습니다.

제가 서울에 와서 제 형이라고 하는 자를 찾아가 보니 형이 아니라는 세 가지 증거가 있었습니다. 제 형은 허약한 사람으로 키가 작고 왜소한데, 그자는 키가 크고 몸집도 컸습니다. 제 형은 얼굴이 작고 누런빛이요 곰보자국이 있고 수염이 없습니다. 그러나 그자는 얼굴이 통통하고 검붉은 빛이며 수염이 많습니다. 제 형은 목소리가 여자 같은데, 그자는 목소리가 크고 우렁찼습니다. 이렇게 확실한 세 가지 증거가 있어 속으로 몹시 의심하다가 팔거에 이르러 그자가 사기꾼임을 확신하고 결박하여 대구 관아로 갔습니다. 백씨를 만나니 백씨는 화를 내며 아무 말도 하지 않았습니다. 그래서 저는 이렇게 말했습니다.

"임술년(1562) 이후로 하인이 두 번 해주를 오갔는데, 형수께서는 그때마다 편지를 부치셨습니다. 그때 받으신 답장을 살피면 진위를 가릴 수 있을 겁니다. 저는 일단 이지의 말을 믿었지만 계속 의혹을 품고 있었으므로 추위를 무릅쓰고 서울에 가서 채응규를 데려와 고향의 친척들과 대면하여 진위를 가렸고, 그 결과 채응규가 수감된 것입니다. 형수께서 직접 관아에 가서 그자의 얼굴을 본 뒤 판단하시면 될 텐데, 그렇게 하시지 않고 왜 대뜸 제게 화를 내십니까?"

백씨는 이렇게 말했습니다.

"만약 가짜라면 왜 진짜라고 하며 우리를 속이겠습니까?"

감사가 백씨로 하여금 직접 분변하게 했지만 백씨는 거부하여 응하지 않고 말했습니다.

"집안사람과 친척들이 모두 유유가 아니라 하거늘, 제가 사족士族으로서 어찌 누구인지도 모르는 사람과 대면한단 말입니까?"

그러나 백씨는 채응규가 달아난 뒤 도리어 제게 형을 죽인 죄를 덮어씌우는 데 앞장을 섰으며, 이지와 심륭은 멀리서 세력을 이루어 응원하니, 기필코 옥사를 이루고자 하는 데에는 다 이유가 있습니다. 달성령 이지는 제 부친이 따로 좋은 땅을 주었지만 제가 부친의 총애를 받는다고 시기했습니다. 심륭은 제 큰어머니 유씨柳氏가 재산을 그 아내에게 주며 "네게 아들이 없으면 유예원의 아들에게 재산을 전하는 것이 좋겠다"라고 말했기에 항상 재산을 빼앗길까 두려워하며 저를 백안시했습니다. 그래서 지금 이지와 심륭 두 사람이 번갈아 주도하며 힘을 합해 세력을 이루어 근거 없는 말을 어지러이 늘어놓고 있는 것입니다.

추관[20]이 물었다.

"유유는 왜 집을 나갔느냐?"

유연이 대답했다.

"사람들은 광증 때문이라고 말하지만 실은 그렇지 않습니다. 저희 집안의 변고 때문에 어쩔 수 없이 떠난 것입니다."

이어서 달성령 이지를 국문하니 이지가 말했다.

"당초에 제가 유유를 찾아간 것이 아니라 유유가 제 집에 온 것인데, 유유의 외모가 변해서 처음에는 알아보지 못했습니다. 앉아서 한참 동안 이야기를 나누며 집안일을 물어보니 대답하는 말마다 꼭 들어맞았고, 말씨와 행동거지가 과연 틀림없는 유유였습니다. 유연이 저희 집으로 오자 두 사람은 끌어안고 통곡했고, 병 때문에 거처를 옮겨 주었더니 마침 벽 위에 있던 부친의 글씨를 보고 형제가 마주보고 울었습니다."

심륭은 말했다.

"이지가 아들 이경억李慶億을 보내 '유유가 집에 왔다'라고 했습니다. 제가 즉시 가서 보니 외모는 변했지만 비록 자세히 알지는 못하더라도 집안일을 두루 말하는데 빠지거나 잘못된 일이 없었습니다. 이지 등도 유유가 맞다고 하므로 저 또한 그렇게 믿었습니다."

꽃꽃꽃꽃

20. **추관推官** 죄인을 신문하는 관원. 여기서는 심통원을 말한다.

김백천은 이미 두 사람과 말을 맞추었으므로 다른 말을 하지 않았다.

춘수는 말했다.

"저는 남편 유유를 따라 태복천[21] 가에 거처를 정해 머물고 있었는데, 이지와 그 아들 이경억이 와서 보고는 과연 유유라고 했습니다. 심륭과 김백천 또한 진짜 유유가 맞다고 했습니다. 그 뒤에 유연이 와서 유유와 아들 정백貞白을 데리고 고향으로 돌아가 저 혼자 집에 남아 있었습니다. 이윽고 유유가 옥에 갇혔다는 말을 듣고 즉시 가서 옥바라지를 하다가 옥에서 나온 뒤에 병을 다스리고 있었는데, 제가 한밤중에 측간에 갔다가 돌아와 보니 등불이 꺼지고 유유가 자리에 없었습니다. 그래서 저는 유연이 남편을 살해했다고 의심했습니다."

죄안[22]이 확정되어 추관이 조사 내용을 상부에 보고했다.

"이지·심륭·김백천이 모두 채응규를 진짜 유유라고 하니 진짜 유유가 분명합니다. 유연이 홀로 진짜가 아니라고 하며 길에서 유유를 결박하여 관아에 고발했으니 유유를 살해하고 자취를 인멸한 것이 분명합니다. 장형杖刑을 가할 것을 청합니다."

장형을 가하여 곤장 42대를 맞기에 이르자 마침내 유연이 무

❧❧❧
21. **태복천太僕川** 한양 중부中部의 태복시太僕寺, 곧 사복시司僕寺 근처를 흐르던 하천.
22. **죄안罪案** 범죄 사실을 적은 기록.

복²³했다. 추국을 끝내고 형을 시행하려 할 때 유연이 판결에 앞서 부르짖었다.

"제가 이미 형을 살해한 자가 되었으니 참으로 죽어 마땅하지만, 국가에서 형벌을 제대로 시행하지 못했다는 오명이 있을까 두렵습니다. 달성령 이지는 국가를 속여 저를 궁지로 몰았으니 1년 동안만 저를 옥에 가두고 채응규와 제 형의 자취를 추적한 뒤에 그 죄가 분명히 정해진다면 제게 아무런 원통함이 없겠습니다. 만약 제가 죽은 뒤 진짜 유유가 나타난다면 죽은 자를 다시 살릴 수 없으니 나라에서는 이 일을 뉘우치게 될 것입니다."

또 말했다.

"추관은 저와 본래 사사로이 원수진 일이 없거늘 왜 이런 처사를 한단 말입니까?"

심통원은 노하여 나졸에게 유연의 머리채를 틀어잡고 그 입을 때리게 하며 말했다.

"이처럼 표독스러우니 형을 죽이고도 남겠구나!"

이때 기대항²⁴이 자리에 있다가 말했다.

"법전대로 하면 될 일이지 왜 그 입을 때리기까지 하십니까?"

문사랑²⁵ 홍인경²⁶이 말했다.

---

23. **무복誣服**　사실이 아닌 것을 사실이라고 자백함.
24. **기대항奇大恒**　생몰년 1519~1564년. 명종 때의 문신으로, 대사헌·이조참판을 지냈다.
25. **문사랑問事郎**　죄인의 심문서審問書를 작성하는 일을 맡은 임시 벼슬.

"형을 살해한 중대한 옥사이거늘 일에 빈틈이 많은 채로 급히 판결을 내리면 옥사의 체모가 어떠하겠습니까?"

심통원은 말했다.

"큰 악행을 저지른 사람을 애석히 여겨 사정을 보아 줄 필요가 어디 있겠소?"

기대항이 눈짓으로 홍인경을 만류하여 두 사람은 불쾌한 기색으로 자리를 파했다. 유연의 하인 금석金石과 몽합夢合 역시 무복하여 마침내 유연과 함께 처형당했다. 유연은 죽던 때 스물일곱 살이었다.

유연은 대구에서 옥에 갇혀 있을 때 아내에게 다음의 편지를 보냈다.

아아! 당신은 먼 곳에서 내게 시집와 온갖 고생을 하며 집안 살림을 꾸려 왔소. 나는 천지간의 지극한 원통함을 품고 깊은 감옥에 몇 달째 갇혀 다시 살아나기 어려운 처지이니, 이제 당신에게 몇 마디 남기려 하오.

생각하면 아득하지만 이지의 음모, 심륭의 음모, 백씨의 음모, 채응규의 음모가 온 나라 사람의 마음과 눈을 가려 이 지경에 이르렀구려. 나는 내 한 몸만 근심인 게 아니니, 돌

<hr />

26. **홍인경**洪仁慶 생몰년 1525~1568년. 명종 때의 문신으로, 형조참의·대사간을 지냈다.

아가신 부모님의 혼령을 생각하면 오장이 다 찢어지는 듯하오. 저 이지 일당의 간악한 모습은 당신도 환히 알고 있을 게요. 지금 내가 하는 말은 조금도 거짓이 없으니 당신은 반드시 이 편지를 가지고 서울에 가서 내 지극한 원통함을 호소해 주오.

생각해 보니 재앙의 근원은 오직 재물 욕심에 있소. 당신은 선친이 따로 더 주신 땅문서와 큰어머님 유씨의 땅문서를 가지고 가서 관아에 고하고 모두 폐기해 버리시오. 이렇게 하고도 사실이 밝혀지지 않는다면 천지신명과 부모님의 혼령이 모든 곳을 환히 비추실 테니, 당신은 밤마다 기도해 주오. 그리하여 행여 천지신명과 부모님의 도움을 얻게 되거든 채응규를 붙잡아 구천에 있는 나의 원통함을 풀어 주오.

정신이 혼미하고 기운이 다해 하고 싶은 말을 다 쓰지 못하오.

편지 끝에 "가옹 무고인 유연 곡사"[27]라는 아홉 글자가 적혀 있었다. 원근의 사람들이 이 소식을 듣고 슬퍼했다.

유연이 죽은 뒤 나라 안에 유연의 옥사에 관한 말이 그치지 않았다. 장령[28] 정엄[29]은 경연[30]에서 유연의 억울함을 말했다. 그러

27. 가옹家翁 무고인無辜人 유연 곡사哭死 '죄 없는 가장 유연이 곡하며 죽다'라는 뜻.
28. 장령掌令 사헌부의 정4품 관직.

자 영의정 홍섬[31]도 이런 말을 했다.

"예전에 제가 유연을 국문하는 자리에 참석했는데, 속으로 그 억울함을 의심했으나 구할 수 없었습니다. 다시 조사하게 하실 것을 청합니다."

그러나 이 일은 끝내 실행되지 않았다.

16년 뒤인 을묘년(1579) 겨울에 수찬[32] 윤선각[33]이 경연에서 임금에게 아뢰었다.

"지난 경신년(1560) 제가 순안현[34]에서 거지 하나를 만났습니다. 이름이 천유용天裕勇이라 했는데, 글을 잘 지어서 사방을 떠돌며 아이들에게 글을 가르쳐 입에 풀칠하고 살았습니다. 제가 같은 절에서 몇 달을 머물며 보니 천유용은 영남 땅의 산천 지리와 선비들의 이름을 퍽 잘 알고 있었습니다. 천유용은 또 제 입으로 말하기를 '기유년(1549)에 영천 향시[35]에 합격했는데, 빈공[36] 때문

<hr>

꾀꾀꾀

29. **정엄鄭淹**　생몰년 1530~1611년. 명종·선조 때의 문신으로, 지평, 장령, 남원 부사를 지냈다. 1571년(선조 4) 유연 사건에 대하여 의심의 여지가 있다고 처음 주장한 사실이 『선조실록』에 기록되어 있다.
30. **경연經筵**　임금이 신하들과 유학 경서를 강론하며 국정을 협의하던 자리.
31. **홍섬洪暹**　생몰년 1504~1585년. 중종~선조 때의 문신으로, 대사헌·이조판서·대제학·영의정을 지냈다.
32. **수찬修撰**　홍문관弘文館의 정6품 관직.
33. **윤선각尹先覺**　선조·광해군 때의 문신 윤국형尹國馨(1543~1611)을 말한다. '선각'은 그 초명初名이다. 충청도 관찰사, 병조참판, 공조판서를 지냈다.
34. **순안현順安縣**　평안남도 평원군平原郡의 고을 이름.
35. **영천永川 향시鄕試**　'영천'은 지금의 경상북도 영천군. '향시'는 지방별로 시행된 과거의

에 합격자 명단에서 이름이 빠졌소'라고 했습니다. 저는 물었습니다.

'남쪽 땅의 선비가 어쩌다 여기까지 왔소?'

천유용은 묵묵히 대답하려 하지 않았습니다.

그 뒤에 제가 고향 사람을 만나 이야기를 나누다 천유용이 화제에 오르자 고향 사람 박장춘朴長春이 깜짝 놀라 말했습니다.

'이 사람은 필시 유유입니다. 그때 저도 함께 합격이 취소되었습니다.'

그 뒤 갑자년(1564)에 제가 또 개천군[37]에 있었는데, 산사의 승려에게 때때로 천유용의 편지가 오더니 이윽고 대구에서 유연이 유유를 살해하여 처형당했다는 소식이 들렸습니다. 저는 속으로 의아하여 이렇게 생각했습니다.

'내가 천유용의 편지를 본 것은 최근의 일이다. 천유용이 진짜 유유라면 평안도에서 남쪽으로 내려가서 아우에게 살해당했다는 것인데 그동안 걸린 시일이 얼마 되지 않으니, 어찌 이처럼 일이 빨리 진행될 수 있단 말인가?'

그 뒤로 저는 평안도 사람을 볼 때마다 천유용이 살아 있는지 묻고 있습니다. 천유용을 잡아 추궁해서 과연 그가 유유라면 유

1차 시험.

36. 빈공賓貢 각 도道에서 과거를 볼 때 다른 지방 출신의 유생은 응시하지 못하게 한 제도.

37. 개천군价川郡 평안남도에 있는 고을.

연의 원통함을 풀어줄 수 있으리라 생각합니다."

그러자 법부[38]에서 천유용을 잡아들였다.

유연이 죽은 뒤 아내 이씨는 조용히 궁벽한 마을에서 살며 매일 새벽마다 향을 피우고는 남편의 원통함을 풀어 달라고 하늘에 기도했다. 하루는 꿈에 유연이 갑자기 나타나 말했다.

"우리 형이 왔소. 당신도 알고 있소?"

이씨는 꿈에서 깨어 울며 말했다.

"아아, 혼령께서 미리 알려 주시는구나!"

이씨는 앞서와 같이 향을 피우고 하늘에 기도했다.

이튿날 저녁에 천유용이 법부에 나왔다. 이씨는 그 소식을 듣고 즉시 법부에 호소했다.

"억울하게 죽은 유연은 달성령 이지의 재산 다툼 때문에 잘못된 처벌을 받아 극형에 처해지고 말았습니다. 미망인인 저는 땅을 치고 하늘을 향해 울부짖었으나 원통함을 씻을 길이 없었습니다. 지금 진짜 유유가 나타났다는 소식을 들었으니, 유연이 죽음을 앞두고 남긴 유서 한 통을 삼가 올립니다."

유유가 나와 말했다.

"저는 천유용이 아니라 유유입니다."

유유는 부친의 이력을 자세히 말했고, 친척과 하인은 물론 평

38. **법부法府** 사법司法에 관한 행정을 맡아 보는 형조刑曹·사헌부·한성부漢城府의 통칭.

소에 사귀던 친구들에 대해서도 척척 대답하여 의심의 여지가 없었다. 유유에게 집을 나간 이유를 묻자 유유는 이렇게 말했다.

"혼인한 지 3년이 되었으나 자식이 없었습니다. 아버지는 제가 아내에게 소박을 놓았다 여기시어 저를 꾸짖고 당신 가까이 오지 못하게 하셨습니다. 그 뒤로 저는 평안도로 들어가 소식을 끊고 지냈고 아우가 죽었다는 소식도 듣지 못했습니다."

달성령과 심륭, 같은 동네에서 어릴 적부터 친하게 지낸 정자[39] 김건[40]과 생원生員 한극심[41] 등을 불러 자세히 살펴보게 하니 모두 "진짜 유유가 맞습니다"라고 말했다.

그러자 의금부에서 채응규와 춘수 등을 추적할 것을 요청했다. 결국 채응규를 장련[42]에서 붙잡았으나 해주海州에 오기 5리쯤 전에 채응규가 자결했다. 해주에서 춘수를 붙잡아 오자 춘수는 이렇게 아뢰었다.

채응규에게 시집간 뒤 아들 둘을 낳았습니다. 이때만 해도 유유라는 이름은 전혀 알지 못했습니다. 임술년(1562)에 달성령이 하인 삼이를 보내 채응규를 만나보게 했는데, 삼이

❀❀❀

39. 정자正字 홍문관·승문원承文院·교서관校書館의 정9품 벼슬.
40. 김건金鍵 생몰년 1549~1610년. 선조 때의 문신으로, 형조좌랑, 덕원 부사를 지냈다.
41. 한극심韓克諶 생몰년 1528~? 1567년(선조 즉위년) 생원시에 합격했다.
42. 장련長連 황해도 은율군殷栗郡의 지명.

는 채응규를 보고 바로 유유라고 말했습니다. 백씨도 사람을 보내 뜻을 전했습니다.

계해년(1563) 봄에 채응규는 서울에 들어가 석 달을 머물고 돌아오더니 문득 자신이 유유라고 했습니다. 그해 겨울에 채응규는 저와 함께 서울에 올라가며 "달성령이 나를 초치하셨다"라고 말했습니다.

서울에 도착하니 과연 달성령 부자가 자주 와서 위문하며 선물을 끊이지 않고 보냈습니다. 채응규는 삼이와 백씨 집 하인들과 달성령 부자가 하는 말을 외워서 백씨의 시집 일가의 일을 종이에 매우 자세히 적은 뒤 옷깃을 뜯어 그 속에 간직해 두었다가 때때로 꺼내 보았습니다. 달성령도 은밀히 이런 말을 했습니다.

"자네가 스스로 유유라 하고, 나 또한 자네를 유유라 한다면, 누가 진위를 가려낼 수 있겠는가? 만일 백씨가 자네를 의심할 경우엔 즉시 달아나면 될 일이야."

이야기하는 중에 이런 말도 했습니다.

"강가의 보리밭을 유연이 감히 독점하겠다고!"

또 이런 말도 했습니다.

"우리 처가 재산을 유연이 혼자 마음대로 해서야 되겠나!"

하루는 이경억이 와서 말했습니다.

"심륜과 김백천이 반신반의하여 아직 생각을 정하지 못했네. 내일 심륭과 김백천이 우리 집에 오기로 했으니 자네도 오게. 식사할 때 여종 흔개欣介더러 밥상을 들게 할 테니, 자네는 여종을 보거든 곧바로 가리키며 이리 말하게.

'이 아이는 흔개가 아니오? 예전에 내게 주기로 했는데, 형은 잊으셨소?'

심륭 등이 그 말을 들으면 품고 있던 의심이 얼음 녹듯 풀릴 걸세."

그러다 채응규가 대구로 간 뒤 얼마 안 되어 체포되었다는 소문이 퍼졌습니다. 달성령은 재상 심통원에게 편지를 청한 뒤 그걸 제게 주어 대구 부사 박응천에게 전하라며 하인과 말을 내주었습니다. 심륭 또한 장악원43에서 벼슬하는 친척 형에게 부탁해서 악공樂工 한 사람을 얻어다가 저를 따라 대구로 가게 했습니다.

채응규가 박석의 집에 구금된 지 사흘이 되었을 때 문득 한밤중에 문 두드리는 소리가 들렸습니다. 채응규가 일어나서 나가더니 편지를 들고 들어와서 편지 가져온 사람을 돌아보고 말했습니다.

"나도 이렇게 계략을 세웠으니 너는 어서 돌아가라."

---

43. **장악원掌樂院** 조선 시대 궁중에서 연주되는 음악 및 무용에 관한 모든 일을 맡아보던 관청.

제가 누구냐고 묻자 채응규는 "달성령 집 하인이네"라고 대답했습니다. 또 편지에 무슨 말이 적혀 있냐고 묻자 이렇게 말했습니다.

"편지에 '일이 탄로났으니 자네는 어찌하려 하는가? 속히 달아나게'라고 적혀 있군."

저는 울며 말했습니다.

"당신이 달아나면 나는 어떻게 돼요?"

그러자 채응규는 그만하라고 꾸짖으며 말했습니다.

"이 어리석은 여편네야, 겁내지 마. 혹시 불의의 일이 생기면 자네는 모르는 일이라고만 하면 돼."

그때 제가 용인현[44]에 이르자 객점 주인 노파가 이경억의 편지를 전해 주었습니다. 편지 내용은 다음과 같습니다.

　　지금 유연은 형을 살해한 죄로 판결을 받는 중이고, 내 아버지도 대질심문에 나서야 하니, 자네는 우리와 입을 맞춰 어긋남이 없게 하게.

재판이 끝난 뒤 저는 해서海西(황해도)로 돌아가 살았습니다. 그러던 어느 날 이경억이 사람을 보내 소식을 전했습니다.

44. **용인현龍仁縣** 지금의 경기도 용인시.

"내가 지금 자네 남편을 숨겨 돌보고 있는데, 자네 남편이 자네를 보고 싶어 하니 와서 만나보는 게 좋겠네."

제가 어찌해야 할지 숙부에게 물으니 숙부는 심부름 온 사람을 꾸짖어 물리쳤습니다.

그해에 백씨가 말 한 마리를 보내며 정백貞白(채응규의 아들)이가 자기 집에 와서 살았으면 한다고 했지만 저는 허락하지 않았습니다. 그 뒤에 이지를 만나 사정을 묻자 이지는 이렇게 말했습니다.

"길에 퍼진 소문을 듣자니 유연의 옥사獄事가 의심스럽다는 말이 많고, 어떤 이들은 채응규가 도망가서 지금도 살아 있다는 말을 전하고 있어서 일이 장차 어찌 될지 알 수 없네. 만일 정백이가 백씨의 집으로 가는 걸 자네가 허락하지 않으면 사람들의 의심이 더욱 커질 게야."

이지는 정백이를 백씨의 집으로 보내라고 권했습니다.

저의 공초는 모두 사실입니다.

그러자 이씨는 글을 올려 이지와 심륭과 백씨의 죄를 자세히 진술하고 법대로 처벌할 것을 청했다. 한편 대관[45]이 유연을 국문했던 추관과 낭관[46]의 죄를 물어야 한다고 하자, 임금이 윤허했

꽃꽃꽃꽃

45. 대관臺官 사헌부의 대사헌大司憲(종2품) 이하 지평持平(정5품)까지의 벼슬.

다. 담당 관서에서는 유유가 부친의 상喪에 오지 않은 죄를 물어 유유를 용강⁴⁷으로 유배 보냈다. 이지는 장형杖刑을 받고 옥중에서 죽었으며, 춘수는 목매달아 죽었다.

이에 앞서 유유가 감옥에 있을 때 조정의 논의 중에 이런 말이 있었다.

"백씨가 고향에 머물며 이 옥사를 남의 일 보듯 함은 옳은 일이 아니다."

백씨가 그 소식을 듣고 서울에 들어왔다. 유유는 감옥에서 나오자 곧장 백씨의 처소로 가더니 다짜고짜 침을 뱉고 말했다.

"너는 전에 채응규란 놈을 나라고 하며 내 아우를 해쳤다. 장차 지금의 나를 유유가 아니라고 하지 말라."

말을 마치자 옷을 떨치며 뒤도 돌아보지 않고 떠났다. 그러자 백씨가 말했다.

"이 양반, 예전에도 내게 괘씸한 말을 하더니 지금 또 이런 소린가?"

유유는 용강으로 유배 가서 기한을 채우고 대구로 돌아와 2년 뒤에 죽었다. 유유가 돌아왔을 때 백씨는 여전히 별 탈 없이 지내고 있었으나 유유는 끝내 백씨에게 편지 한 통 하지 않았다.

꿍꿍꿍꿍

46. **낭관郎官** 당하관堂下官(정3품 통훈대부通訓大夫 이하 종9품까지의 관원)의 총칭. 여기서는 문사랑問事郎 홍인경 등 유연의 재판에 관여한 당하관을 말한다.

47. **용강龍岡** 평안남도 서남단에 있는 고을 이름.

백씨가 양자로 거둔, 춘수의 아들 채정백이 채응규를 따라 대구에 와서 백씨 집에 머문 지도 벌써 10년이 지났을 때다. 유유의 옥사가 일어나자 백씨는 채정백을 결박하여 관아로 가서 고했다.

"지금 진짜 유유가 나타나 채응규가 자결했다는 소식을 들었습니다. 정백을 국문하기를 청합니다."

조정에서는 이 일을 덮어 두고 국문하지 않았다.

이에 앞서 이씨는 평상시에도 늘 유연의 원통함을 알릴 온갖 방법을 깊이 강구하고 있었다. 그러던 차에 을축년(1565) 춘수의 언니 영수永守와 그 남편 김헌金憲이 이씨를 찾아와 말했다.

"가짜 유유가 죽지 않고 여전히 춘수와 함께 살고 있소. 우리에게 큰돈을 주면 당신을 위해 그들을 찾아 주겠소."

이씨는 그 말을 믿고 시집올 때 몸치장에 쓰려고 가져온 돈 수십 냥을 다 털어 주었다. 그 뒤로 김헌 등이 은밀히 편지를 보내더니 이렇게 속여 말했다.

"해서에서 채응규의 행적을 이미 살폈으니 머잖아 잡을 것이오."

은밀히 보낸 심부름꾼이 소식을 전하며 끊이지 않고 왕래했다.

그러다가 정엄鄭淹이 유연의 옥사에 의심스러운 점이 있음을 따지자 영수는 그 소식을 듣고 두려워 달아났다. 이씨가 몰래 그 집의 아녀자 몇 사람을 붙잡아 사처私處에 가두자 영수가 은신처에서 나와 관아에 출두했으나 끝내 법의 처벌을 받지는 않았다. 이씨가 다시 형조刑曹에 호소한 뒤에야 영수와 김헌이 체포되어 전에 주었던 돈을 돌려받았다.

임진왜란 뒤에 정승 이원익[48]이 금호문[49] 밖에 집을 지었는데, 이씨의 집과 이웃해 있었다. 이정승(이원익)은 유연 옥사의 전말을 자세히 듣고 그 원통함을 가슴 아파했다. 이때 주상이 와병 중이셔서 이정승과 내가 날마다 입궐하여 함께 지냈는데, 이정승은 내게 이 이야기를 해 주고 이렇게 말했다.

"사리에 밝은 이에게 부탁해서 이 사건이 후대에 길이 전해졌으면 하오."

이정승은 대궐에서 물러나와 유연 집의 가승[50]을 모두 가져다 놓고는 나더러 어서 와서 글을 지으라며 말했다.

"이 글이 이루어진다면 지극한 원통함을 씻고 관훈[51]을 세울 수 있을 것이니, 그대가 글을 지어 보는 게 어떻겠소?"

나는 유연의 원통한 죽음이 슬펐고, 백씨를 먼저 조사해서 곧장 관아에 나오게 하지 못한 일이 애석했으며, 이지가 끝내 정도正道에 복종하여 왕족의 예禮에 합당한 죽음을 맞지 못한 것이 거듭 한스러웠다. 그나마 다행이다. 비록 당시에 법망이 허술해서

ꙉꙉꙉꙉ
48. 이원익李元翼 생몰년 1547~1634년. 선조·광해군·인조 세 임금에 걸쳐 영의정을 지냈다.
49. 금호문金虎門 창덕궁昌德宮의 서문西門.
50. 가승家乘 직계 조상을 중심으로 가계家系를 기록한 책. 각각의 조상마다 생몰년, 과거와 관직 이력, 주요 업적 등을 적었다.
51. 관훈官訓 벼슬아치가 경계로 삼을 본보기.

심륭은 빠져나갈 수 있었지만, 그럼에도 불행 중 다행인 것은 윤선각과 이원익 등 여러 분이 전후좌우에서 유연을 도운 일이다. 그렇지 않았다면 이 일이 어찌 당시에 드러나고 후세에 전해질 수 있었겠는가?

세상 사람들 중에는 유유가 불량한 자였기에 집을 나갔다고 하는 이도 있다. 아들이 아버지로부터 달아났다면 인간의 도리가 사라진 것이니 달아난들 장차 어디로 간단 말인가? 세상에 아버지 없는 나라가 어디 있겠는가? 옛날 어진 아들이 아버지의 명에 따라 죽은 일[52]이 있었으니, 주자朱子는 그 일을 논하여 이렇게 말했다.

"의리상 달아나는 것이 예에 맞다."[53]

설령 유유가 참으로 어쩔 수 없는 사정이 있어 아버지를 거역

<hr />

❧❧❧❧

52. 어진 아들이~죽은 일 다음 고사를 말한다. 춘추시대 위衛나라 선공宣公이 아들인 급伋의 아내 선강宣姜을 빼앗아 자기 아내로 삼고 두 아들 수壽와 삭朔을 낳았다. 훗날 삭이 선강과 함께 급을 선공에게 참소하자 선공은 급을 제齊나라로 보내면서 사람을 시켜 도중에 급을 죽이게 했다. 수가 이 사실을 알고 급에게 알리자, 급은 "군주의 명이니 달아날 수 없다"라고 했다. 이에 수는 급이 제나라에 갈 때 가지고 갈 사신의 깃발을 훔쳐 먼저 제나라로 떠났고, 급을 죽이기 위해 기다리고 있던 도적들은 수를 급으로 오인하여 살해했다. 급이 나중에 도착해 "군주가 죽이라고 한 건 나이거늘, 수가 무슨 죄가 있단 말인가?"라고 말하자 도적들은 급마저 살해했다. 위나라 사람들이 이 일을 슬퍼하여 「이자승주」二子乘舟라는 시를 지었다고 하는데, 이 시는 『시경』詩經 패풍邶風에 실려 있다.

53. 의리상 달아나는 것이 예禮에 맞다 "급은 마땅히 달아나서 선공으로 하여금 아들을 죽이는 일이 없게 하고 악에 빠지지 않게 하는 것이 예에 맞다"라는 주희朱熹의 말이 명나라 주목결朱睦㮮이 찬撰한 『오경계의』五經稽疑에 보인다.

하고 멀리 떠났다 할지라도 진나라 공자[54]가 진秦나라에 있다는 것을 세상 사람들 모두가 알았던 것처럼 지냈어야지, 어찌 이처럼 자취를 감추고 단서를 숨겨 아우가 억울한 죽음에 이르도록 만들었단 말인가?

권빙군[55]은 이런 말씀을 하신 적이 있다.

"내가 젊었을 때 인척들 모임에서 유연을 자주 봤는데, 작지만 다부진 체구에 의기 있고 신중한 사람이었네. 재앙을 당한 뒤에 그 아내는 죄수처럼 머리도 빗지 않고 상주처럼 얼굴도 씻지 않은 채 마음을 다해 기도하고 호소하는 일을 백발이 되도록 하루도 쉬지 않아서, 그 집안사람들은 남편의 참화에 아내가 잘 대처했다고들 했네."

만력 35년 정미년[56] 12월 하순, 대광보국숭록대부[57] 오성부원군[58]

꽃꽃꽃꽃
54. **진晉나라 공자公子**   춘추시대의 진문공晉文公 중이重耳를 말한다. 중이는 부왕父王인 진나라 헌공獻公이 여희驪姬를 총애하여 자신의 형인 태자太子 신생申生을 죽게 만들고 자신까지 죽이려 하자 국외로 망명했다가 19년 뒤에야 진秦나라에서 고국으로 돌아와 군주가 되었다.
55. **권빙군權聘君**   작자 이항복의 장인인 권율權慄(1537~1599)을 말한다. '빙군'은 장인을 일컫는 말이다.
56. **만력萬曆 35년 정미년**   1607년. '만력'은 명나라 신종神宗의 연호.
57. **대광보국숭록대부大匡輔國崇祿大夫**   조선 시대 정1품 관원에게 준 최고 품계.
58. **오성부원군鰲城府院君**   이항복이 임진왜란 때 공을 세운 뒤 받은 봉호封號.

이항복이 삼가 글을 짓다.

장화홍련전

박인수

순치[1] 연간 평안도 철산鐵山에 성은 배裵이고, 이름은 시경時慶이며, 자字는 원백元伯인 사람이 살았다. 본래 향촌의 양반으로 재주와 지략이 있고 용모가 훌륭했다. 사족士族과 백성들의 천거를 받아 좌수[2]가 된 뒤 정도正道를 밟아 관을 위해 일하니 고을 사람들이 모두 칭송했다.

시경은 혼인하여 두 딸을 낳았다. 장녀의 이름은 장화薔花이고 차녀의 이름은 홍련紅蓮이었다. 장녀의 나이 여섯 살, 차녀의 나이 네 살에 자매가 모친상을 당하자 서로 부둥켜안고 서글피 울었는데, 장례를 치르는 모습이 어른과 다름없어 고을 사람들과 친척들 모두가 감탄하며 기이하게 여겼다. 그 뒤로 시경은 쓸쓸히 두 딸과 살며 음식과 거처를 이리저리 돌보아 잠시도 떨어져 지내지 않았다.

　얼마 뒤 시경은 두 딸을 위해 후취後娶를 얻었다. 후처와의 사이에 두 아들을 두었는데, 장남의 이름은 필동弼童이고, 차남의 이름은 응동應童이었다.

　시간은 쏜살같이 흘러 두 딸이 차츰 자라자 자태가 아리땁고 문예가 화려했으며, 집안에서 여성이 해야 할 일은 물론 제사를 받들고 아침저녁으로 문안 인사를 하며 효도를 다하는 일에 이르기까지 능숙하지 않은 것이 없었고, 몸가짐과 일 처리며 사람을 대하는 태도가 모두 지극히 온화하고 부드러웠다. 이 때문에 장화와 홍련의 명성은 가까운 고을부터 먼 고을까지 두루 높아서 사족들이 앞 다투어 혼인을 청했다. 시경은 좋은 사윗감을 고르려고 각별히 애썼으나 끝내 마땅한 혼처를 찾지 못했다.

　현종 신묘년[3]에 이르니 장화의 나이 20세, 홍련의 나이 18세가 되었다. 시경은 현임 좌수로서 관아에 나가 있다가 명문가와 장화의 혼약을 정하고 후처에게 기별을 보내 혼수를 서둘러 준비하게 했다.

　후처는 성품이 본래 욕심스럽고 사나워서 항상 두 딸이 죽어 없어졌으면 하던 터에 혼사 소식을 듣고는 재산이 줄어들겠다 싶

⚜⚜⚜⚜

3. 현종顯宗 신묘년　여기서 말한 '신묘년'은 1651년(효종 2)으로 현종 재위기가 아닌바, 착오가 있다.

어 장화를 모해하기로 마음먹었다. 그리하여 후처는 쥐를 잡아다가 껍질을 벗겨 낙태落胎 모양과 똑같이 만든 뒤 소매 안에 감춰 두었다. 그러고는 장화가 잠자는 틈을 타서 장화의 옷에 쥐의 피를 잔뜩 뿌리고 장화가 덮고 자던 이불 속에 껍질 벗긴 쥐를 두고 나왔다. 잠시 후 후처는 다시 장화의 방에 들어가 장화를 불렀다.

"장화야! 무슨 병이 있기에 이처럼 고단하게 누워 있니?"

장화가 놀라 일어나 보니 여기저기 피가 홍건히 묻어 있었다. 계모가 물었다.

"네 옷과 이불에 웬 핏자국이 이리 많니?"

계모는 즉시 이불을 들춰 껍질 벗긴 쥐를 집어 들더니 웃으며 말했다.

"네가 반가⁴의 여자로서 이런 음행淫行을 저지르다니, 정말 해괴한 일이구나!"

장화는 두려워 벌벌 떨며 눈물만 흘렸다. 계모가 쥐를 가져다 깊숙이 간직해 두고 말했다.

"네 아버지가 돌아오시면 보여드릴 거야."

며칠 뒤 시경이 집에 오자 후처가 쫓아 나가 맞으며 말했다.

"집에 큰 변이 생겼으니 장차 어찌하면 좋겠습니까?"

시경이 놀라 물었다.

꽃꽃꽃꽃
4. 반가班家 사대부가를 이른다.

"대체 무슨 변이오?"

"장화가 며칠 전 밤에 유산을 했습니다. 말로만 고하면 믿지 않으실 것 같아 낙태한 것을 간직해 두었어요. 이 일이 밖으로 새나가면 두 아들은 필시 세상에 용납되지 못할 겁니다. 장화를 강물에 던져 흔적을 감추는 게 좋겠어요."

시경이 매우 노하여 필동을 불러 말했다.

"네 누이의 행실이 이러하니 어디에 쓰겠느냐? 주암舟巖의 용추5에 떠밀어 죽이는 게 좋다."

시경은 또 장화를 불러 말했다.

"네 외숙부가 너를 만나 보고 싶다 하니 가 보도록 해라."

장화가 괴이하게 여겨 대답했다.

"이 무슨 분부십니까? 여자의 행실은 가벼이 규문閨門 밖을 나갈 수 없거늘, 더구나 이 밤에 어디를 가란 말씀입니까?"

부친이 매우 엄하게 재촉하자 장화는 눈물을 흘리며 홍련에게 말했다.

"내가 간 뒤 너는 아버지를 모시고 부디 잘 지내기 바란다."

홍련이 말했다.

"언니, 빨리 돌아와. 오래 기다리게 하지 말고."

필동이 장화와 함께 집을 나서 용추에 이르러 말했다.

---

5. 용추龍湫 용소龍沼. 폭포수가 떨어지는 바로 밑에 있는 깊은 웅덩이.

"누이가 망측한 음행을 저질렀다고 아버지께서 나더러 누이를 죽이라 하셨소. 어서 몸을 던지는 게 좋겠소."

장화가 깜짝 놀라 말에서 떨어져 울며 말했다.

"내가 전생에 무슨 죄악이 있기에 여자로 태어나 이런 누명을 썼을까? 천지신명이 모두 아시거늘, 내가 죽고 나면 이 원통함을 씻을 길이 없구나! 이제 내 실낱같은 목숨이 네 손에 달렸으니 며칠만 여유를 다오. 그러면 외숙부를 찾아 뵌 뒤 내 스스로 목숨을 끊을게. 나를 불쌍히 여겨 다오."

필동이 말했다.

"아무리 목숨을 빌어 본들 아버지의 분부가 지엄하니 자식 된 도리로 사사로이 용서해 줄 수 없소."

그러고는 장화를 발로 차서 용추로 떠밀었다. 천지일월도 빛을 잃고 산천초목도 수심이 가득했다.

필동이 급히 집으로 돌아오자 홍련이 물었다.

"언니는 언제 돌아온다니?"

필동이 대답했다.

"모르겠는데."

홍련은 근심 걱정으로 우울하기 그지없었다.

이튿날 아침 홍련이 부모에게 말했다.

"어젯밤 꿈에 언니가 나타나 제게 말했습니다.

'아버지께서 계모의 말을 듣고 망측한 누명을 씌워 나를 용추에서 죽게 하시니, 뼈에 사무친 지극한 원통함이 물처럼 깊구나. 살아생전에 너와 내가 한 이불을 덮고 자며 의좋게 즐거이 지냈으니 죽은 뒤에도 황천에서 다시 만나자꾸나.'

몽조夢兆를 생각하니 언니가 죽었을 듯합니다. 저희 자매는 잠잘 때나 밥 먹을 때나 떨어진 적이 없었는데, 지금 과연 언니가 죽었다면 외로운 제 한 몸을 누구에게 의지한단 말입니까?"

부친은 묵묵히 있는데 계모가 말했다.

"장화의 행실이 나빠서 네 아버지께서 노하여 죽이셨다. 나와 네 동생은 명을 거역할 수 없었어. 후회해도 되돌릴 수 없는 일이고 이미 이 지경에 이르렀으니 더 생각해 봐야 무슨 소용 있겠니?"

홍련은 땅을 치고 통곡하며 말했다.

"내 꿈이 과연 맞구나! 어여쁜 내 언니가 죄 없이 죽었으니, 밝은 하늘은 필시 그 원통함을 알 것이다. 혼자 외로이 사느니 언니의 손을 잡고 죽는 게 낫다."

즉시 용추로 가서 곡하며 말했다.

"내가 죽은 뒤 석 달 동안 가뭄이 들면 내가 원혼이 된 줄 알라!"

그러고는 몸을 던져 죽었다. 바람이 불어도 물결은 고요하고 구름이 일어 강을 뒤덮었다.

그 뒤 과연 홍련의 말대로 석 달 동안 큰 가뭄이 들었다. 하늘이 흐리고 비가 내릴 것 같은 날, 별이 비끼고 달이 져 가는 깊은 밤이면 곡소리가 사방에서 들렸다.

장화와 홍련은 원통함을 호소하기 위해 관아에 들어갔으나 철산 부사가 귀신을 보고 놀라 죽거나 교체되면서 여러 해 시간이 지났다. 이에 평안 감사가 장계를 올렸다.

평안도 철산에 원귀冤鬼가 있으나 몇 년 동안 해결되지 않고 있는데, 가뭄과 부사 교체가 모두 이 때문입니다. 인재를 가려 보내시어 이 고을이 폐읍⁶이 되지 않게 해 주시기 바랍니다.

임금은 조정 신하들에게 철산 부사를 뽑아 보내도록 명했으나 적임자가 없었다.

이때 전라도 진안鎭安에 전동흘⁷이라는 선비가 살았다. 재주와 국량이 남다르고 용기와 지략이 빼어났으나 초야에 묻혀 살며 생계를 꾸릴 길이 없자 탄식하며 말했다.

"대장부가 세상에 태어나 초목과 함께 썩는다면 살아서는 지금 시대에 보탬이 되지 못하고, 죽어서는 후세에 명성을 남기지

6. 폐읍弊邑 폐습弊習이 많은 고을.
7. 전동흘全東屹 효종 때의 무신. 무과에 급제하여 남병사南兵使·총융사摠戎使·포도대장을 지 냈다.

못할 것이다."

즉시 서울로 가서 낮에는 활을 잡고 밤에는 병서를 읽어 신묘년(1651) 무과에 급제하여 즉시 선전관[8]에 임명되고 이윽고 6품으로 승진하여 홍덕[9] 현감이 되었다. 병신년(1656) 8월 수사[10] 이익달[11]이 수군 훈련을 시행할 때 전동흘은 태풍이 올 것을 미리 알고 훈련을 중지해야 한다고 주장했으나 수사가 듣지 않았다. 과연 전동흘의 말대로 폭풍이 몰아쳐 여러 고을에서 모인 배가 전복되고 많은 군사가 목숨을 잃었다. 오직 홍덕의 배와 군사만 온전해서 표류한 병사들 중 홍덕의 군사들 덕분에 살아난 자가 90여 명에 이르렀다.

임금이 이 소식을 듣고 가상히 여겨 즉시 당상관[12]으로 승진시키자 조정 신하들이 아뢰었다.

"홍덕 현감이 재주와 지혜는 장량·진평[13]과 비등하고 병법은

※※※※

8. 선전관宣傳官 국왕의 호위와 왕명 전달 등의 임무를 맡은 무관직. 무관 승지에 해당하는 중요 직책으로, 무반의 핵심 인재를 뽑아 향후 승진에 큰 특전을 주었다.

9. 홍덕興德 지금의 전라북도 고창군 홍덕면 일대.

10. 수사水使 수군절도사水軍節度使. 조선 시대 각 도의 수군水軍을 총지휘하기 위해 둔 정3품 무관.

11. 이익달李益達 인조~현종 때의 무신. 1656년(효종 7) 전라우수사全羅右水使로서 수군을 조련하던 중 악천후로 수군 1천여 명이 익사하는 사건이 벌어져 유배형에 처해졌다. 현종 때 재기용되어 영흥 부사를 지냈다.

12. 당상관堂上官 조정 회의 때 당상堂上에 있는 의자에 앉을 수 있는 정3품 이상의 고관. 문신은 정3품 통정대부通政大夫 이상, 무신은 정3품 절충장군折衝將軍 이상이었다.

13. 장량張良·진평陳平 한나라 고조高祖의 개국공신으로, 뛰어난 지략가였다.

174

관우關羽·장비張飛와 방불하거늘 여전히 작은 진[14]을 맡고 있다고 하니, 전하께서는 살펴 주시옵소서."

이에 임금은 전동흘을 불러 철산 부사에 임명했다.

전동흘은 임지에 도착해서 원귀와 관련된 일을 들었다. 밤이 되자 불을 밝히고 책상에 기대 앉아 졸고 있는데, 두 미녀가 관아 뜰로 들어와 눈물을 흘리며 호소했다.

"저희들은 본래 양반가의 딸로 엉뚱하게 악명을 뒤집어쓰고 죽었으니, 뼈에 사무친 원통한 마음을 몇 년 동안이나 씻지 못하고 있습니다. 현명하신 사또께서 부디 밝은 판결을 내려 주시기 바랍니다."

부사가 말했다.

"가문과 성명과 전후의 원통한 사정을 상세하게 고하라!"

두 미녀가 절하고 장화가 말했다.

"저희는 좌수 배시경의 딸입니다. 여섯 살에 갑자기 어머니를 여의고, 아버지가 후취를 얻어 두 아들을 낳았으니 바로 필동과 응동입니다. 저희들은 장성하기에 이르도록 규문 밖을 나가 본 적이 없고, 정나라와 위나라의 음악[15]를 들어 본 적이 없습니다.

하루는 아버지가 현임 좌수로서 혼약을 정하고 후처에게 기별

❀❀❀❀

14. **진鎭** 군사 요충지에 둔 지방 행정구역.
15. **정鄭나라와 위衛나라의 음악** 춘추시대 정나라와 위나라에서 유행하던 음탕한 음악.

하여 혼수를 성대하게 갖추도록 분부했습니다. 그러자 계모는 가산이 줄어들까 싶어 쥐의 가죽을 벗겨 낙태 모양처럼 만들고는 아버지에게 가서 제가 유산했다고 참소했습니다. 격노한 아버지는 저희 이복동생을 시켜 저를 용추로 떠밀어 죽였습니다. 아우 홍련은 제가 원한을 품고 죽은 것을 알고 뒤따라 물에 빠져 죽었습니다.

그리하여 벌써 8년의 세월이 흘렀으나 저희는 가슴에 맺힌 원한을 아직도 풀지 못하고 있습니다. 모쪼록 현명하신 사또께서 저승에 있는 저희들의 마음을 풀어 주신다면 황천에 있는 백골도 그 은혜를 잊지 못할 것입니다."

두 미녀가 통곡하자 부사가 애달파하며 문을 열고 보니 비몽사몽간이었는데 꿈이 아니라 생시인 듯이 느껴졌다. 부사는 즉시 형방刑房을 불러 물었다.

"이 고을에 배좌수라는 이가 있으며, 혹시 재취한 일이 있느냐? 자녀는 어찌 되느냐?"

형방이 대답했다.

"배좌수가 과연 있습니다. 전실 소생 딸이 둘이고, 후실 소생 아들이 둘입니다."

부사는 즉시 배좌수를 불러 물었다.

"그대의 전실과 후실 소생 자녀가 어찌 되오?"

배좌수가 대답했다.

176

"전실이 딸 둘을 낳고, 후실이 아들 둘을 낳았는데, 두 아들은 살아 있고, 두 딸은 죽었습니다."

부사가 물었다.

"딸이 무슨 병으로 죽었소?"

배좌수는 머뭇거리며 대답하지 못했다. 그러자 후처가 엿보고 있다가 남편이 사실을 누설할까 싶어 곧장 들어와 대답했다.

"제 친정은 이곳의 양반 가문입니다. 장녀 장화는 음행을 저질러 낙태한 뒤 스스로 부끄러움을 못 이기고 밤을 틈타 물에 빠져 죽었습니다. 차녀 홍련 역시 그 일이 부끄러워 언니를 따라 투신자살했습니다. 사실이 그러한데 지금 이들의 죽음이 원통하다며 관아에 무함하다니 참으로 가소로운 일입니다. 제 생각에는 뭔가 잘못된 판단이 있는 듯한데, 이렇게 낙태를 바치니 부디 보아 주시기 바랍니다."

부사는 낙태를 보고 미심쩍어하며 모두 물러가게 했다.

이날 밤 운무가 뜰에 가득한데 장화와 홍련이 다시 와서 곡하며 말했다.

"저희들의 원통함은 그 허위 사실 때문에 비롯된 것이었거늘 사또께서 거짓말을 듣고 도리어 저희를 물리치시니, 골수에 사무친 지극한 아픔을 하소연할 곳이 없습니다. 계모가 낙태라고 한 것은 낙태가 아니라 쥐입니다. 다시 그 물건을 가져다가 갈라 보시면 분명 허실을 아시게 될 겁니다."

부사가 낙태를 가져다 갈라 보니 쥐가 분명했다. 부사가 격노하여 좌수 부부와 그 아들을 모두 잡아다가 따져 묻자 배좌수가 공초했다.

"우매하고 노둔한 제가 아내에게 미혹되어 딸을 죽이고 말았으니, 그 죄를 어찌 감히 피할 수 있겠습니까?"

후처와 필동은 고개를 숙인 채 두려움에 얼굴이 하얗게 질려 있을 따름이었다. 부사는 성난 목소리로 말했다.

"부모가 딸을 죽이고 남동생이 누이를 죽였으니 인륜강상을 저버린 큰 변고다!"

부사가 감영監營에 자세히 보고하고 감사가 다시 임금에게 보고하자 임금이 하교했다.

"배시경은 유배형에 처하고, 그 처자식은 참형에 처한다."

이튿날 부사가 서리들을 거느리고 시신을 찾으니 얼굴이 마치 살아 있는 사람 같았다. 철산 고을 사람들 중에 소리 내어 울지 않는 이가 없었다. 부사는 용추 가에 장막을 설치하고는 시신을 비단으로 염한 다음 관곽棺槨을 갖추어 장례를 치르고 제문을 지어 제사지낸 뒤 묘비를 세우고 묘비명을 썼다.

저녁에 부사가 관아로 돌아오자 장화와 홍련이 관아 뜰에 다시 왔다. 두 사람은 꽃다운 얼굴에 기쁨이 가득한 채 거듭 절하고 말했다.

"다행히 사또의 밝은 덕을 입어 저희들의 지극한 원통을 깨끗

이 씻어 냈습니다. 게다가 장례와 제사까지 지내 주셨으니 이 은
혜를 어찌 잊을 수 있겠습니까? 다만 아버지가 유배형을 받은 일
은 참으로 마음이 아픕니다."

장화와 홍련이 감사 인사를 하고 나가더니 홀연 보이지 않았다.

그 뒤로 부사의 꿈에 장화와 홍련이 나타나면 반드시 승진 소
식이 내려왔다. 부사에서 도호[16]로 승진한 뒤, 이듬해 좌우수사[17]
로 나갔다가 곧이어 남북병사[18]에 임명되었으며, 얼마 지나지 않
아 다시 포도대장이 되고 총융사[19]가 되고 통제사[20]가 되어, 나이
76세에 서울 집에서 생을 마쳤다.

공(전동흘)의 6대손 만택萬宅이 언문책을 주며 한문으로 글을 옮겨

꽃꽃꽃꽃

16. **도호都護**   정3품의 대도호부사大都護府使.

17. **좌우수사左右水使**   전라도와 경상도에 둔 좌수영左水營과 우수영右水營의 최고 지휘자인 좌
수사左水使와 우수사右水使. '수사'는 정3품 수군절도사의 약칭.

18. **남북병사南北兵使**   남병사南兵使와 북병사北兵使. '병사'는 병마절도사兵馬節度使의 약칭
으로, 함경도 북청北靑에 있는 병마절도사를 남병사, 함경도 경성鏡城에 있는 병마절도사를
북병사라고 한다.

19. **총융사摠戎使**   조선 후기 5군영의 하나인 총융청摠戎廳의 최고 지휘자. 종2품 관직으로, 도
성 외곽의 방어 책임을 맡았다.

20. **통제사統制使**   삼도수군통제사三道水軍統制使. 경상·전라·충청도의 삼남 수군을 총지휘하
는 해상 방어의 총수로, 종2품 관직이다. 임진왜란 중인 1593년 충무공 이순신李舜臣이 경
상·전라·충청도의 삼도수군통제사에 임명되면서 새로 만들어진 직책이며, 경상우수사가
겸임했다.

달라고 부탁하기에 내가 사양하다 어쩔 수 없이 그 대강의 내용을 간략히 기록했다.

무인년(1818) 섣달 초하루에 반남[21] 박인수朴仁壽가 삼가 쓰다.

꽃꽃꽃

21. 반남潘南 전라남도 나주의 옛 지명으로, 작자 박인수의 관향貫鄕.

작품 해설

이 책에는 이른바 '송사소설'訟事小說, 혹은 '공안소설'公案 小說로 분류되는 한문소설 세 편을 실었다. 송사소설이란 법정法廷의 재 판을 제재로 삼은 소설을 말한다. 중국에서는 이를 '공안소설'이라 부 른다. '공안'公案이 공문서, 혹은 쟁점이 되는 사건이라는 뜻을 지닌 데 착안한 것이다. 어느 쪽의 명칭을 쓰든, 포괄하는 작품의 범위는 대체 로 일치한다. 중국의 경우 『포공안』包公案 이래로 명나라와 청나라에 걸쳐 다수의 인기작이 나왔는데, 『포공안』의 주인공이 바로 '포청천'包 靑天이라는 별명으로 널리 알려진, 송나라의 명판관名判官 포증包拯(999~ 1062)이다. 우리나라에서도 조선 후기 들어 「유연전」柳淵傳을 비롯한 다 수의 송사소설이 창작되었다. 이 책에서는 그중 실제 사건에 바탕을 둔 한문 송사소설의 대표작 「유연전」과 「장화홍련전」, 개화기開化期에 창작된 문제작 「김봉전」을 뽑았다.

••• 「김봉전」金鳳傳은 개화기 『황성신문』皇城新聞에 연재 된 『신단공안』神斷公案 속에 포함되어 있다. 『신단공안』은 제목 그대로

공안소설을 표방한 일곱 편의 한문 중단편을 각각 한 회回로 삼아 엮은 것이다. 이 중 다섯 편은『포공안』등 중국 공안소설의 번안 개작이고, 제4회와 제7회의 두 작품만 구전설화에 근거한 창작으로 인정되는데, 제4회로 편성된 작품이 바로「김봉전」이다.「김봉전」은 '봉이 김선달 설화'에 바탕을 둔 한문 중편소설로,『황성신문』에 1906년 6월 28일부터 8월 18일까지 45회에 걸쳐 연재되어 우리 한문소설사의 마지막 장을 장식했다.

「김봉전」의 원제목은「인홍변서봉仁鴻變瑞鳳, 낭사승명관浪士勝明官」이다. 이는 장회소설章回小說의 투식에 따라 붙인 제목이다. '인홍仁鴻이 변하여 서봉瑞鳳이 되고, 낭사浪士가 명관明官을 이기다' 정도로 번역되는데, '인홍'은 주인공 김봉金鳳의 본명이고, '서봉'은 그 별명이며, '낭사'는 김봉이 스스로 붙인 호號이다. 학계에서는 이 작품을 오래 전부터 독립된 작품으로 다루면서「김봉 본전」金鳳本傳이라 불러 왔다. 작품의 개작자로 추정되는 계항패사桂巷稗史가 지칭한 데 따른 것이다. '본전'은 원래의 전傳, 혹은 해당 인물의 전을 일컫는 말이다. 계항패사는 작품 말미에 붙인 기록에서 총 36회로 이루어진 김봉의 본전, 즉「김봉전」으로부터 절반 이상의 분량을 덜어내『신단공안』의 제4회로 이 작품을 넣었다고 밝혔다. 대단한 문제작이지만 원작자와 개작자가 누구인지,『신단공안』의 한 이야기로 편입하는 과정에서 어느 정도의 개작이 이루어졌는지 등 작품에 관한 중요한 문제가 아직 밝혀지지 않았다.

이야기의 배경은 인조仁祖 즉위 초의 평양이다. 작품 속의 여러 정황들은 오히려 19세기 후반 내지 개화기의 생활 감각에 더 가까워 보이지만, 작품 말미에 실존 인물 김경징金慶徵(1589~1637)을 등장시키기 위해 인조 재위기를 시대 배경으로 삼은 듯하다. 한편 공간 배경을 평양으로 설정한 점은 시대와 사회에 대한 김봉의 불만을 조선 시대의 서도西道 차별과 결부하기 위한 장치로 보인다. 김봉은 타고난 재주가 대단하고 자부심이 드높은 인물이지만 과거 공부에는 뜻을 두지 않았다. 작품 속에 그 이유를 뚜렷이 부각하지 않았으나 그 출신지와 연관된 사정 때문일 것으로 짐작된다.

김봉은 세상과의 접점을 찾지 못하고 홀로 방랑하며 울울한 심사를 못 이겨 미친 듯이 고함을 지르기도 하고 마음을 억눌러 유유자적하기도 하다가 자신의 호를 낭사浪士라고 지었다. '낭사'는 '무엇에도 구속받지 않는 자유로운 선비'라는 뜻일 텐데, 김봉 자신은 '낭'浪을 '자유로움'과 '허랑함' 내지 '헛됨'이 뒤섞인 의미로 풀이했다.

그러나 김봉은 '낭사'로서의 삶을 지속하지 못했다. 고향에서 가족이 겪고 있는 가난의 고통을 외면할 수 없었기 때문이다. 극단적인 가난 앞에서 김봉은 「도적 재상」('천년의 우리소설' 제10권 『조선의 야담 2』 수록)의 주인공과 비슷한 고민에 빠졌다. 당당하고 떳떳하게 살고자 했지만 남은 것은 좌절과 환멸뿐이었던 김봉은 급기야 '사기'와 '협잡'이라는 수단을 통해 세상을 농락하기로 마음먹는다.

이후 어리숙한 척 포도대장 앞에서 상서로운 봉을 사라고 외쳐 교활한 상인을 골탕 먹이는가 하면 물 긷는 세금 계약서를 써서 대동강을 파는 등 끝없는 사기 행각을 벌이는 과정에서 김봉은 꾀가 많고 언

변 좋은 사기꾼의 면모를 유감없이 보여준다. 이 점은 조선 후기의 유명한 사기꾼 백문선이나 이홍李泓, 설화 속의 봉이 김선달에게 공통적으로 확인되는 바이기도 하다. 그런데 김봉은 여기에 더해 목적을 위해서라면 완력으로 상대를 제압하며 목숨을 담보로 한 협박마저 서슴지 않는 악한惡漢의 면모까지 지녔다. 김봉의 이러한 면모는 명의名醫 이군웅李君膺 관련 에피소드에 두드러지는데, 조선 후기 사기꾼의 계보에서 보자면 대단히 이례적인 캐릭터이다.

이 작품에서 김봉은 때를 만나지 못한 영웅이 연속된 좌절의 끝에 부득이하게 협잡배의 길을 걷게 된 것으로 그려졌다. 그 때문에 김봉은 수전노 부자와 탐관오리에게는 간교한 꾀를 부리며 반성 없는 사기 행각을 벌였으나, 가난한 서민에게는 다정한 친구가 되어 물심양면의 도움을 아끼지 않았다. 어리석은 행각승을 놀림감으로 삼는 등 약자에 대한 멸시가 느껴지거나 갈취한 돈으로 향락을 일삼는 모습이 간혹 거슬리기도 하지만, 이삼장李三丈에게 대동강을 파는 대목에 잘 드러나듯 김봉과 평양 하층민 사이에는 끈끈한 연대의식이 형성되어 있다. 이 때문에 김봉의 전반적인 면모는 의협義俠에 가깝다 할 것이다. 김봉은 비열한 수단도 마다하지 않으며 집요하게 돈을 추구하지만, 소기의 목적을 달성한 뒤에는 온정을 베풀어 하층민의 신망을 얻기도 하고, 위력을 드러내 상대에게 두려움을 주는가 하면 피해자에 대한 적절한 보상을 통해 큰 원한을 사지 않는 등 능수능란한 처세를 보여준다. 이로써 대담무쌍한 악한의 면모와 비분강개한 의협의 면모를 동시에 갖춘 특이한 캐릭터가 이루어졌다. 일찍이 최원식 교수는 김봉의 이런 면모를 '피카레스크'적 인물형으로 파악한 바 있다(최원식, 「봉이형 건달의 문학사적 의의」, 『한국근대소설사론』, 창작과비평사, 1986).

김봉은 차별 받는 서도 사람이요 가난한 양반이었으나 가진 자에 대한 사기 행각을 통해 위세와 신망을 동시에 지닌 토호土豪가 되기에 이르렀다. 이러한 김봉 앞에 서울의 벌열가閥閱家 양반 김경징이 나타난다. 김경징은 인조반정仁祖反正을 주도한 당대의 최고 권력자 김류金瑬(1571~1648)의 외아들로, 그 또한 인조반정에 참여한 뒤 출세가도를 달려 젊은 나이에 대사간, 도승지 등의 요직을 지냈다. 여기서 주목할 것은 김경징의 이후 행적이다. 한성부漢城府 판윤判尹(지금의 서울시장)을 지내던 김경징은 병자호란이 일어나자 강도江都(강화도) 검찰사檢察使에 임명되어 강화도 수비의 중책을 떠맡았다. 그러나 김경징은 국가 존망의 위기에서 무사안일로 일관하다 청나라 군대의 침입을 막지 못하고 달아났다. 결국 종전 이후 조정에서는 강화도 수비 실패의 책임을 물어 김경징을 처형했다.

서울 부유한 벌열가의 자제인 데다 권력의 핵심에 있던 김경징과 평양의 가난한 몰락양반 출신으로 토호의 위치에 선 김봉의 대립 구도는 대단히 선명하다. 외면적인 지위와 권력만 놓고 보면 제아무리 수단 좋은 김봉이라 할지라도 김경징의 상대가 될 수 없다는 것은 불문가지의 일이다. 김경징이 평양 서윤庶尹을 지냈다는 것은 허구이지만, 이 작품에서는 김경징이 오직 김봉 한 사람을 징치하기 위해 평양에 부임한 것으로 설정되었다.

김경징이 부임하자마자 김봉을 잡아들이면서 전개되는 두 사람의 문답 장면은 이 작품의 절정에 해당한다. 김봉은 김경징을 가난한 서민의 삶을 이해하지 못하고 관리로서 지녀야 할 실무 지식도 갖추지 못한 애송이로 규정하면서 능력은 무시한 채 차별에 근거한 사회 구조 속에서 권력의 최상층부에 오른 무능한 권세가를 향해 통렬한 비판의 화살을 날린다. 악한과 의적의 면모를 동시에 지닌 김봉은 이 대목에 이르러 경륜을 품고 사회적 모순을 진단하는 비판적 지식인으로 부상한다.

한편 이 문답 장면에는 김봉의 궁극적 지향도 집약적으로 드러나 있다. 김봉은 세상에 흔적을 남기지 않고 정처 없이 떠도는 자유로운 존재가 되고 싶다고 했다. 어디에도 묶이지 않고, 어디에도 소속되지 않고자 하니 그 앞에는 명예와 권력, 부귀영화, 국가, 세상 일체가 부질없다. 김봉은 중세의 중첩된 차별 속에서 절망했고, 곧이어 타락한 방법으로 세상의 강자들에 맞섰으며, 종국에는 모든 속박으로부터 벗어나 완전한 자유인이 되기를 꿈꾸었다.

김봉과 김경징의 논쟁에 이어 전개되는 살인 사건 해결담은 그 자체로 재미있고, 이 작품이 『신단공안』에 편입된 '공안소설'의 하나임을 분명히 한다는 점에서 의미가 있다. 그러나 김봉과 김경징이 나눈 대화의 연장선상에서 본다면 김봉의 능력과 김경징의 무능을 대비하는 장치에 지나지 않는다. 요컨대 「김봉전」은 주인공의 독특한 캐릭터와 김봉의 사기 행각 이면에 놓인 지향, 차별에 맞서 완전한 자유인이 되기를 꿈꾸었던 주인공의 열망을 작품이 창작된 개화기의 시점에서 살필 때 더욱 의미 있는 작품으로 평가된다.

   ••• 「유연전」柳淵傳은 백사白沙 이항복李恒福(1556~1618)이 1607년(선조 40)에 지은 작품이다. 이항복은 선조·광해군 때의 문신으로, 이조판서·병조판서·좌의정·영의정을 역임했으며, 저서로 문집인 『백사집』白沙集이 전한다. 「유연전」은 『백사집』에 수록되지 않은 채 별도의 책으로 전하다가 훗날의 증보판 문집에 수록되었다. 이 책에서는 서울대 규장각한국학연구원 소장 『유연전』을 저본으로 삼았다.

  「유연전」은 실제 역사적 사건을 소재로 한 작품이다. 이항복은 이원익李元翼(1547~1634)에게 유연柳淵 옥사獄事의 전말을 자세히 듣고 그 요청에 부응하여 이 글을 지었다고 작품 말미에 밝혔다. 유연 옥사는 명종·선조 때에 매우 유명한 사건이어서 『명종실록』과 『선조실록』에도 몇 차례 언급된 바 있는데, 특히 『선조실록』 선조 13년(1580) 윤4월 10일자 기사에 사건의 전말이 자세하게 기록되었다. 그밖에도 『문소만록』聞詔漫錄과 『성호사설』星湖僿說을 비롯한 수많은 책에 관련 기록이 보인다.

  「유연전」은 인물의 일생을 그리는 정통 한문학 양식인 '전'傳을 표방했으나 단일한 사건을 제재로 삼아 시종일관 각각의 에피소드들이 긴밀하게 연관되는 유기적 구성 방식을 취하며 갈등을 발전시킨 점에서 소설의 요건을 잘 갖추었다고 할 수 있다. 전傳이 소설로 전환하는 현상은 17세기 이래의 조선 후기에 새롭게 나타난 것인데, 「유연전」은 그 신구적 작품에 해당한다.

한편 이 작품은 우리나라 소설사상 최초의 송사소설訟事小說이다. 실재했던 비극적 사건의 추이를 간명하게 서술하는 가운데 판결 과정을 실감나게 재현한 점이 특히 돋보인다. 송사의 핵심 인물은 명종 때 창녕 현감을 지낸 유예원柳禮源의 차남 유유柳游와 삼남 유연이다. 대구의 선비 유유가 글공부를 하러 산에 들어갔다가 홀연 실종된 것이 비극의 시초였다. 6년 뒤인 1562년 유연이 자형 이지李禔의 편지를 받으면서 사건이 시작된다. 황해도 해주에 사는 채응규蔡應珪가 바로 실종된 유유라는 소식이었다. 이에 자신이 유유라고 주장하는 채응규의 진위를 다투는 송사가 벌어졌다. 아우 유연은 물론 유유의 지인들은 가짜라고 한 반면 유연의 자형 이지와 사촌 자형 심륭沈隆은 진짜라고 했다. 처음에는 유연의 의견이 채택되어 채응규가 옥에 갇혔으나 채응규가 달아난 뒤 뜻밖의 사태가 벌어졌다. 유유의 아내 백씨가 채응규를 진짜 남편이라 하고 유연이 재산 문제로 형을 살해했다고 고발한 것이다. 1564년 유연은 살인자의 누명을 쓰고 처형당했다. 사건의 진상은 그로부터 15년 뒤인 1579년에야 밝혀졌다. 경연經筵에서 한 신하가 선조宣祖에게 진짜 유유가 살아 있다는 정황을 보고하면서 사건의 재조사가 이루어졌다. 그 결과 이지 일당과 백씨가 가문의 재산을 노려 공모한 범죄의 전모가 낱낱이 드러나기에 이르렀다.

「유연전」은 사필귀정의 결말에도 불구하고 여전히 여운이 남는다. 유연의 억울한 죽음이 다시 상기되기 때문이기도 하지만 사건 전체를 돌이켜볼 때 유유와 그 아내 백씨가 했던 석연치 않은 행동 때문이기도 하다. 백씨는 물론 유유 역시 유연의 죽음에 대해 책임을 물어야 할 인물이다. 유유 부부의 불화로부터 이 모든 사건이 출발했다고 볼 수 있기 때문이다. 그러나 백씨와 유유의 입장에서 이 사건을 재해석해 보면 그들 또한 당대 사회 제도와 관습의 희생자인 측면이 있다. 실제의 삶을 살았던 인물들이 얽히고설킨 관계를 맺으면서 일으킨 비극적인 사건의 기록인바, 선악 갈등에만 초점을 맞출 것이 아니라 인물 각각의 시각에 따른 좀 더 다층적인 해석이 가능한 작품으로 생각된다.

    ··· 「장화홍련전」薔花紅蓮傳은 박인수朴仁壽가 1818년에 지은 한문소설로, 『가재사실록』嘉齋事實錄에 실려 있다. 『가재사실록』은 가재嘉齋 전동흘全東屹(1610~1685)과 그 후손의 행장行狀 및 관련 기록을 엮은 책으로, 1865년경에 간행되었다.

「장화홍련전」의 작자 박인수는 전동흘의 6대손인 전만택全萬宅이 한글 책을 한문으로 옮겨 달라고 청하자 그 대강의 내용을 기록했다고 했다. 전동흘은 이 작품에서 장화와 홍련의 원한을 풀어 준 철산 부사鐵山府使인바, 전동흘 사후 130년이 지난 시점에서 그 후손이 선조의 사적을 기리기 위해 이런 부탁을 한 것으로 보인다.

전동흘은 효종·현종 때의 무신으로, 선전관宣傳官, 함경도 병마절도사, 총융사摠戎使, 포도대장捕盜大將을 역임했다. 『승정원일기』承政院日記에 의하면 전동흘은 1658년(효종 9) 철산 부사에 임명된바, 당시에 장화薔花와 홍련紅蓮이 죽음에 이르게 된 원인을 밝혀 그 원혼을 달래 주었던 것으로 보인다. 거기에 원귀冤鬼가 나타나 부사에게 하소연하는 등

허구적 상상이 가미된 설화가 전승되는 과정에서 한글본 「장화홍련전」이 형성되고, 다시 이 한글본을 한문으로 윤색한 것이 박인수의 한문본일 것으로 추정된다. 물론 박인수가 본 한글본은 「장화홍련전」스토리의 원형을 담은 초기 형태로, 오늘날 널리 알려진 한글소설 「장화홍련전」과는 다소 다른 내용이었을 것이다.

「장화홍련전」 역시 송사소설의 형식을 취했다. 작품의 전반부는 계모의 흉계에 의해 장화와 홍련 자매가 억울한 죽음에 이르는, 널리 알려진 이야기이다. 8년 뒤 무관 전동흘이 철산 부사로 부임하면서 장화와 홍련의 억울함을 푸는 후반부의 서사가 시작된다. 전동흘은 원귀가 된 장화와 홍련의 하소연을 듣고 배좌수 부부를 심문한 뒤 장화와 홍련의 연이은 도움으로 사건의 진상을 밝혔다. 그 결과 배좌수는 유배형에, 계모와 그 아들은 참형에 처해졌다. 후대의 한글소설이 배좌수의 인자한 면모를 강조하면서 모든 죄를 계모에게 돌린 것과는 다소 다른 결말이다. 후대의 한글소설 결말부에는 장화와 홍련이 다시 배좌수의 딸로 환생하여 부귀를 누렸다는 서사가 추가되었으나, 역시 박인수의 「장화홍련전」에는 없던 내용이다.

「장화홍련전」은 8년 전의 가짜 낙태落胎를 계모가 보관하고 있다가 직접 관아에 증거로 제출한다는 설정, 계모의 흉계가 매우 단순하고 사건 해결이 별다른 추리 과정 없이 오직 장화와 홍련의 도움에 의거하여 이루어진다는 점 등 공안소설로서의 완성도와 흥미 요소가 다소 부족하다는 지적을 받을 수 있다. 그러나 계모와 전실 소생의 갈등 및 계모의 흉계를 모티프로 한, 가장 널리 알려진 서사로서 오늘날까지 다양한 변주와 재해석이 이어지고 있다는 점에서 볼 때 한국 고전소설사에서 빠뜨릴 수 없는 작품이다.